U0599794

O ALQUIMISTA

To my Chinese readers, with all my love

Charlotte

献给 J.
一位通晓并利用元精秘密的炼金术士

O ALQUIMISTA

牧羊少年奇幻之旅

〔巴西〕保罗·柯艾略 著

丁文林 译

北京出版集团公司
北京十月文艺出版社

新经典文化股份有限公司
www.readinglife.com
出　品

目录
Content

自 序

　　《牧羊少年奇幻之旅》是一部具有象征意义的作品，非常有必要对此稍作说明，因为它与非虚构作品《魔法师的日记》（又译《朝圣》）有所不同。

　　我耗费了十一年光阴钻研炼金术。一想到能够点铁成金，或能够发现长生不老液，就心驰神往，再没有任何研究巫术的念头。坦白地说，长生不老液更令我着迷。在领悟并感受到上帝的存在之前，一想到万物皆有消亡的一天，便十分沮丧。故而，当得知有可能获得一种使我的生命延长许多年的浆液，遂决定全身心投入该浆液的提炼。

　　二十世纪七十年代初期是一个社会大变革的时代，当时国内还没有关于炼金术的正经刊物问世，我便用手头微薄的资金购买进口书籍，就像本书中的一个人物那样，每天花很多时间去研究炼金术复杂的符号系统。我曾试图请教里约热内卢两三位真正致力于炼金术的研究者，然而，他们拒绝见我。我也结识了许多自诩为炼金术士的人，他们拥有自己的实验室，并许诺教给我炼金术的秘诀，条件是向他们支付大笔的金钱。现在我才明白，他们打算教给我的东西，他们自己却一窍不通。

尽管我全力以赴，结果却一无所获。炼金术手册中以难解的词句断言会发生的现象根本没有出现。手册中是一大堆数不清的象征符号，有龙、狮子、太阳、月亮和水星，而我一直有一种误入歧途的感觉，因为象征语汇使人误读的可能性极大。由于事情毫无进展，我失望已极，在一九七三年，做了一件极不负责任的事。那时我受雇于马托格罗索州教育厅，在该州教授戏剧课程，于是决定在戏剧实验课上利用一下我的学生。实验课题为"翡翠板"。这种行为，再加上数次陷入魔幻术的泥淖，第二年我便亲身体会到了"种瓜得瓜，种豆得豆"这句俗语的真谛。我所有的努力尽皆付诸东流。

此后的六年间，我对有关神秘领域的一切说法都持怀疑态度。在这段精神放逐时期，我学会了很多重要的东西，如：最初发自内心拒绝的东西如今却奉为真理；不应该逃避自己的命运；上帝有时很严厉，却也无限慷慨。

一九八一年，我接触到拉姆教派并认识了我的师父，他后来引导我重新回到为我设计的道路上。在他用自己的方式训练我的同时，我又开始独自钻研炼金术。一天晚上，在一节令人精疲力竭的传心术训练课后，交谈当中，我问起为什么炼金术士的语言那么空洞，那么复杂难懂。

"有三类炼金术士。"我师父说道，"有的说话空洞，是因为他们不了解自己所说的事情；有的是因为他们了解自己所说的事情，还知道炼金术的语言针对心灵，而不是针对理智。"

"那么，第三类呢？"我问道。

"他们从未听说过炼金术，却在生活中发现了'点金石'。"

从此，我师父决定教我炼金术。他属于第二类炼金术士。我发现，炼金术的象征语汇虽令我那么恼火，那么茫然不知所措，却是领悟世界灵魂和荣格所说的"集体无意识"的唯一桥梁。我发现了"天命"和"上帝的神迹"，然而我的理性推理却拒绝承认其真实性，因为它们过于简单淳朴。我发现，获取"元精"不是少数人的事，而是所有世人的目标。很显然，元精并非总装在一只小瓶子里，以泡在液体中的卵状物形式出现，毫无疑问，我们大家都能够探摸到世界灵魂。

因而，《牧羊少年奇幻之旅》是一部象征性的作品。遍览其章，除去转述我所学到的一切，我还试图向海明威、布莱克、博尔赫斯（他曾将波斯历史运用到短篇小说中）、马尔巴·塔罕等伟大的作家们致敬，他们成功地理解了"宇宙语言"。

为了使这篇冗长的自序圆满结束，也为了说明我师父论及第三类炼金术士时想要表达的意思，很值得回顾一下他本人在实验室里给我讲过的一个故事。

圣母怀抱小耶稣，决定降临人间并造访一座修道院。神甫们全都非常自豪，他们排起长队，依序走到圣母面前表达他们的崇敬。一位神甫朗诵了美妙的诗篇，另一位神甫展示了他为《圣经》绘制的彩色插图，第三位神甫背出了所有圣徒的名字……神甫们如此这般一个接一个地向圣母和小耶稣表达了敬意。

队伍的末尾，是一位在修道院中地位最卑微的神甫。他从来没有学习过那个时代的智慧经典。他的父母都是普普通通的人，在附近一个旧式的马戏团里工作，他们教给他的全部手艺，就是空中抛球等杂耍。

当轮到他的时候，其他神甫就想结束这场表达崇敬的活动了，因为那位曾经的杂耍艺人没有什么重要的事可说，况且还有可能玷污修道院的形象。然而，这位神甫内心深处同样有一种想为耶稣和圣母奉献点什么的强烈愿望。

他察觉到了师兄弟们谴责的目光，有些羞怯地从兜里掏出几个橙子，开始玩起了杂耍。把橙子抛向空中，这是他唯一擅长的事情。

就在这时，小耶稣笑了，并开始在圣母怀中鼓起掌来。于是，圣母将手臂伸向那位神甫，让他抱了抱小耶稣。

他们走路的时候，耶稣进了一个村庄。有一个女人名叫马大，接他到自己家里。

她有一个妹子名叫马利亚，在耶稣脚前坐着听他的道。

马大伺候的事多，心里忙乱，就进前来说：

"主啊！我的妹子留下我一个人伺候，你不在意吗？请吩咐她来帮助我。"

耶稣回答说：

"马大，马大！你为许多的事思虑烦忧，但是不可少的只有一件，马利亚已经选择那上好的福分，是不能夺去的。"

——《路加福音》10:38－42

引　子

炼金术士拿起一本书，那是商队中的某个人带来的。书没有封面，但可以辨认出作者的名字：奥斯卡·王尔德[①]。在翻阅那本书的时候，他看到一篇关于水仙花的故事。

炼金术士知道这个关于水仙花的传说。一个英俊少年，天天到湖边去欣赏自己的美貌。他对自己的容貌如痴如醉，竟至有一天掉进湖里，溺水身亡。他落水的地方，长出一株鲜花，人们称之为水仙。

奥斯卡·王尔德却不是这样结束故事的。他写道，水仙少年死后，山林女神来到湖边，看见一湖淡水变成了一潭咸咸

[①] Oscar Wilde（1854 - 1900），英国著名作家、诗人、戏剧家，唯美主义艺术运动的倡导者。

的泪水。

"你为何流泪？"山林女神问道。

"我为水仙少年流泪。"湖泊回答。

"你为水仙少年流泪，我们一点也不惊讶。"山林女神说道，"我们总是跟在他后面，在林中奔跑，但是，只有你有机会如此真切地看到他英俊的面庞。"

"水仙少年长得漂亮吗？"湖泊问道。

"还有谁比你更清楚这一点呢？"山林女神惊讶地回答，"他每天都在你身边啊。"

湖泊沉默了一会儿，最后开口说："我是为水仙少年流泪，可我从来没注意他的容貌。我为他流泪，是因为每次他面对我的时候，我都能从他眼睛深处看到我自己的美丽映像。"

"多美的故事啊！"炼金术士感慨。

上部

这个男孩名叫圣地亚哥。夜幕降临时，圣地亚哥赶着羊群来到一座废弃的老教堂前。很久以前，教堂的屋顶就塌掉了。原来圣器室的位置长出了一棵高大的无花果树。

　　男孩决定在这里过夜。他把羊群全部赶进破烂不堪的大门，随即挡上几块木板，防止它们夜间出逃。这个地区没有狼，但有一次一只羊在晚上逃了出去，害得他花了一整天时间去寻找。

　　圣地亚哥将自己的外套铺在地上，躺了下来，把刚刚读完的一本书当作枕头。睡着之前，他提醒自己，必须开始读一些更厚的书：读厚书能消磨更多的时间，夜间当枕头用也更舒服。

　　醒来时，天还没亮。透过残破的屋顶，他看到星星在闪烁。

　　他在心中说："真想多睡一会儿。"他做了个梦，和上周做的梦一模一样，而且又是梦没做完就醒了。

男孩爬起来，喝了两口酒，然后拿起牧羊棍，呼唤仍在沉睡的羊群。他早已注意到，只要他一醒，大多数的羊也都开始醒过来，仿佛有种神秘的力量把他的生命同那些羊的生命联系在一起。两年来，那些羊跟着他走遍了这片大地，四处寻找水和食物。"这些羊太熟悉我了，已经了解我的作息时间了。"他喃喃自语。略加思索，他又想，事情也可能正相反：是他已经熟悉了羊群的生活习性。

然而，总有一些羊会拖延一会儿才醒。男孩就用牧羊棍挨个捅醒它们，同时呼唤着羊的名字。他一直坚信，羊能听懂他说的话。因此，他时不时给羊群读一些给他留下深刻印象的书籍的章节，或者对羊群诉说自己在野外的孤独和快乐，或者评论一下在经常路过的城镇见到的新鲜事。

不过，最近两天，他的话题只有一个，就是那个女孩，一个商人的女儿，住在距离这里四天路程的一个镇上。他只到那里去过一次，是在去年。那个商人是一家纺织品店的老板。他喜欢看人当着他的面剪羊毛，以防别人弄虚作假。一个朋友指点男孩去那家店铺，于是他便赶着羊群到了那里。

"我有点羊毛要卖。"他对那个商人说。

店里人满为患，老板让圣地亚哥黄昏时分再来。男孩便到店铺前的斜坡上坐下，从褡裢里掏出一本书。

"我以前以为牧羊人不会读书。"一个少女的声音在他身旁响起。

是个典型的安达卢西亚①少女，一头黑发瀑布般垂下，眼睛使人隐隐约约想起古代的征服者摩尔人。

"那是因为羊群教给人们的东西远比书籍要多。"男孩回答道。

他们谈了两个多小时。少女自称是纺织品店老板的女儿，还谈到镇上的事情，她说，这里的生活一成不变，天天如此。圣地亚哥谈起安达卢西亚的田野，谈起他经过的村镇里的新鲜事。他很高兴，因为不必总是跟羊群说话了。

"你是怎么学会读书识字的？"

"和其他人一样，在学校里学会的。"男孩回答。

"既然会读书识字，为什么还当牧羊人呢？"

男孩随便岔开了话题，没有回答。他确信这个问题女孩永远无法理解。他继续讲述路上的经历。女孩那双酷似摩尔

①西班牙南部一地区。

人的小眼睛一会儿因害怕而瞪得浑圆，一会儿因惊奇而眯成一条缝。时间流逝，男孩开始期盼这一天永远不要结束，期盼女孩的父亲一直忙碌下去，可以让他在此等上好几天。他感觉自己正生起一种过去从未有过的冲动：希望永远定居在这个镇子。他感觉，和这个黑头发女孩在一起，每天都会是新的一天。

然而那个商人最终还是来了。他让圣地亚哥剪下四只羊的毛，然后付了相应的钱，让男孩隔年再来。

四天后就要再次去那个镇子。圣地亚哥既兴奋又忐忑：也许那个少女已经把他忘了。有很多卖羊毛的牧羊人都会去那个商店。

　　"没关系。"男孩对他的羊群说，"我在其他村镇也认识别的女孩子。"

　　但是，他内心深处明白，这对他很重要。不管是牧羊人、海员，还是推销员，总会有一个地方令他们魂牵梦萦，那里会有一个人，让他们忘记自由自在周游世界的快乐。

天刚破晓，圣地亚哥便赶着羊群朝日出的方向走去。这些羊永远不需要拿什么主意。他想，也许这就是它们一直跟在我身边的原因。羊唯一需要的就是食物和水。只要他知道安达卢西亚最好的草场，羊群就将永远跟随他。即使日复一日在日出日落之间苦熬，即使在其短暂的一生中从未读过一本书，也不懂人的语言，听不懂人们讲述的新鲜事，只要有水和食物，它们就心满意足。作为回报，它们慷慨地奉献出羊毛，心甘情愿地陪伴着牧人，时不时还奉献出自己的肉。

　　如果我变成魔鬼，决定把它们一只接一只杀死，它们也只在整个羊群几乎被杀光的时候才会有所察觉，男孩想。因为它们相信我，而忘记了它们自己的本能。这只是因为我能引领它们找到食物。

　　男孩对自己的这些念头感到惊讶。也许是因为那座里面长着无花果树的教堂太残破不堪，他又做了一个与以前一样的梦，他开始嫌弃忠诚地陪伴他左右的羊群。他喝了一口酒——这是昨天晚饭时剩下的，然后裹紧外衣。他知道，再过几个小时，太阳就会升到头顶，那时酷热难熬，他就不能领着羊群在旷野赶路了。夏季是整个西班牙睡午觉的季节。酷热会一直持续到入夜。而在酷热降临之前，他不得不一直披着外衣。然而，每当他想抱怨外衣沉重时，总会想起多亏这件衣服，才不会在清晨感到寒冷。

必须随时准备应对天气的突然变化，圣地亚哥想，并对外衣的厚重心存感激。

外衣自有其存在的理由，而男孩亦有其生活的道理。两年间，他走遍了安达卢西亚的平原大川，把所有的村镇都记在了脑子里，这就是他生活的最大动力。他盘算着，这一次要告诉那女孩，为什么他这样一个普普通通的牧羊人会读书识字：他曾经在一所神学院里待到十六岁。父母希望他成为神甫，成为一个普通农家的骄傲，而他们一生只为吃喝忙碌，就像圣地亚哥的羊群。他学过拉丁文、西班牙文和神学。但是，从孩提时代起，他就梦想着了解世界，这远比了解上帝以及人类的罪孽来得重要。一天下午，回去探望家人的时候，圣地亚哥鼓足勇气告诉父亲，他不想当神甫，他要云游四方。

"孩子，世界各地的人都到过这个村庄。"父亲说，"他们为追求新奇而来，但是他们没有差别。他们爬到山丘上去看城堡，认为城堡今不如昔。他们或是一头金发，或是皮肤黝黑，但他们和咱们村里的人没啥两样。"

"但是我却没见过他们家乡的城堡。"男孩反驳说。

"那些人一旦了解了我们的田园和我们的女人，就会说他们愿意永远留在这里生活。"父亲说。

"我希望了解他们生活的地方和他们那儿的女人，因为从来没有人留在这里。"男孩说。

"那些人来时，口袋里装满了钱。"父亲又说，"而我们这里，只有牧羊人才四处游走。"

"那我就去当牧羊人。"

父亲没再说什么。第二天，父亲给了男孩一个钱袋，里面有三枚古老的西班牙金币。

"有一天我在地里发现了它们，原本想因为你进修道院而献给教会。拿去买一群羊，云游四方吧。总有一天，你会懂得，我们的家园才最有价值，我们这儿的女人才最漂亮。"

父亲祝福了他。从父亲的目光中，男孩看出，父亲也想云游四方。这个愿望一直存在，尽管几十年来他一直将这个愿望深埋心底，为吃喝而操劳，夜夜在同一个地方睡觉。

地平线被染成一片殷红，太阳露出脸来。男孩回想起同父亲的谈话，心情愉快。他已经到过许多城堡，见过许多女人了(但没有一个能与那个等了他两年①的女孩相比)。他有一群羊、一件外衣和一本书，用这本书可以换来另一本书。不过，最重要的是，他每天都在实现自己人生的最大梦想：云游四方。一旦厌倦了安达卢西亚的田野，他就可以卖掉羊群，去当海员。等厌倦了海洋，他早已到过许多国家，见过许多女人，经历过许多幸福时刻了。

此时，圣地亚哥望着冉冉升起的太阳想，不知道神学院的人是如何寻找上帝的。只要有可能，他总要找一条新路走走。以前他多次路过这一带，但从未到过那座教堂。世界广袤无垠，

---

① 原文为"天"，疑为作者笔误。

如果他让羊群引领自己走上一段时间，肯定会发现更多有趣的事情。问题是羊群不会察觉它们每天都在走新路，不会发现草场在变化，四季有区别。因为它们一门心思想着喝水吃草。

也许我们大家全都如此。圣地亚哥心想，我就是这样，自从认识那个商人的女儿，我就再没想过别的女人。他看了看天空，估计午饭前会抵达塔里法①。可以在那里用自己手上的书换一本更厚的书，把酒囊灌满葡萄酒，还可以刮刮胡子，理理发。他得准备好去见那个女孩，有一种想法让他觉得恐惧：另一个牧羊人会在他之前，赶着更多的羊去向女孩求婚。

恰恰是实现梦想的可能性，才使生活变得有趣。男孩一边思索一边抬头看了看天，加快了脚步。他突然想起一位住在塔里法的老妇人，她会解梦。而头天夜里，他做了一个曾经做过的梦。

---

①西班牙安达卢西亚地区一城市。

老妇人领着男孩走进最里面的房间，那里与客厅只隔着一道用塑料彩带制成的帘子。房间里有一张桌子，一幅耶稣圣心像，还有两把椅子。

　　老妇人坐下来，让男孩也坐下。然后，她握住男孩的双手，轻声祷告起来。

　　似乎是吉卜赛人的一种祈祷词。男孩在途中遇到过许多吉卜赛人。他们云游四方，但从不放牧羊群。人们说吉卜赛人靠骗人为生，还说他们与魔鬼订有契约，拐骗儿童，让孩子们在他们神秘的帐篷里当奴隶。男孩小时候一直非常害怕被吉卜赛人拐走。当老妇人拉住他的双手时，以前那种恐惧感又出现了。

　　不过这里有耶稣圣心像呢，男孩想，极力使自己镇定些。他不想让自己的手发抖，不想让老妇人觉察出他很害怕。他默默地念诵了一遍主祷文。

"太有意思了。"老妇人说道，两眼一直盯着男孩的手，接着沉默了。

男孩十分紧张，双手不由自主颤抖起来。老妇人感觉到了。他急忙把手抽出来。

"我不是来这里看手相的。"他说，开始对走进这所房子感到后悔。有那么一会儿，他想付了钱马上走人，哪怕一无所获呢。可他太在乎那个梦了，那个梦他做了两遍。

"你是来这儿解梦的。"老妇人说，"梦是上帝的语言。如果上帝用的是尘世间的语言，我就能解你的梦。但是，如果上帝用的是魂灵的语言，那就只有你自己能理解了。但不管哪种情况，我都要收咨询费。"

男孩心想，是一个圈套。尽管如此，他还是决定冒一下险。牧羊人总会遇到风险，要么是狼群，要么是干旱，恰恰是这些使放牧生涯更刺激。

"我接连两次做了同一个梦。"男孩说道，"梦见我和羊群在一片草场上。这时，来了一个小孩，和羊群玩耍。我不喜欢别人逗我的羊，它们害怕生人。但是小孩子往往能和羊混在一起，而不让羊受到惊吓。我不知道是什么原因，羊怎么会识别人类的年龄？"

"接着说你的梦。"老妇人说，"我的炉子上还坐着锅呢。

再说了，你只有那么点钱，不能把我的时间都占了。"

"那小孩跟羊又玩耍了一阵子。"男孩继续说道，表情有些不自然，"突然间，他抓住我的手，带着我去了埃及金字塔。"

男孩停顿了一下，想看看老妇人是否知道埃及金字塔。然而，老妇人沉默不语。

"埃及金字塔。"为了让老妇人听得明白，男孩缓慢地重复了这几个字，"那小孩当时对我说，'假如你来到这里，将会找到一处隐秘的宝藏。'就在他要把藏宝的具体地点告诉我时，我却醒了。两次的梦都是如此。"

老妇人继续沉默，片刻后，她重新抓起男孩的手，仔细察看起来。

"目前我不收你任何费用。"老妇人开口道，"但是，如果你找到了那些财宝，我想要其中的十分之一。"

男孩笑了。他很开心。仅仅由于那个梦涉及财宝，他眼下就不必破费了！老妇人大概是个吉卜赛人。吉卜赛人都很愚蠢。

"那么，你解释一下我的梦吧。"男孩说。

"你得先发誓。发誓把财宝的十分之一给我作为交换，我就给你解梦。"

男孩发了誓。老妇人又要求他对着耶稣圣心像重复了一遍誓言。

"这个梦用的是尘世间的语言。"老妇人说，"我可以解这个梦，但解释起来非常困难，所以我认为把你找到的宝藏给我一份是理所应当的。

"这个梦表明，你应该前往埃及金字塔。我从未听说过金字塔，不过，既然有个小孩让你见到了它，那金字塔就一定存在。你将在那里找到宝藏，变成富翁。"

男孩感到有点意外，然后又很气愤。要是为这样一个解释，他根本没必要来找这老妇人。好歹最后他想起来，自己并未付任何费用。

"我没必要浪费时间来听这样的解释。"他说。

"所以我先前就对你说过，你的梦非常难解。简单的事情往往最异乎寻常，只有智者才能看透。我不是智者，所以必须有其他的能耐，比如看手相。"

"那么，我怎样才能到埃及呢？"

"我只管解梦，不会把梦变成现实。因此，我只能依靠女儿们养活。"

"如果我到不了埃及呢？"

"那我就拿不到酬金了。这是常事。"

之后，老妇人没再说什么。她让男孩离开，因为她在他身上花费的时间已经够多了。

圣地亚哥失望地走了，他决定永远不再相信梦。想起还有几件事需要办，他先去商店买了些吃的，又用手上的书换了一本更厚的书，然后坐在公园里一条长凳上品尝刚买来的新酿葡萄酒。是个大热天，葡萄酒使他的身体凉爽了些，其中的奥妙令人费解。羊群留在了城门外，关在他新结识的一个朋友家的羊圈里。在那一带，他认识很多人，这正是他喜欢云游四方的原因，因为总能结交新朋友，而且不必天天跟他们低头不见抬头见。当总是面对同样的面孔，像在神学院里那样，就会渐渐让那些人成为生活的一部分。而由于他们是你生活的一部分，当然就想改变你的生活。如果你不像他们所期望的那样，他们就会不高兴。因为，对于该怎样生活，所有人都有固定的观念。但是他们对于自己该怎样生活却一头雾水，就像那个给人解梦、却不会把梦变成现实的老妇人。

他决定等日头落一落，再领着羊群继续赶路。再过三天，他就能见到那个女孩了。

他开始阅读那本从塔里法的神甫手上换来的书。这是一本很厚的书，开卷第一页讲的是一场葬礼。人物的名字十分复杂。男孩想，倘若有一天我写书，就只写一个人物，好让读者不必费心去记人名。

他渐渐将精力集中在读书上。这书读起来很舒服，因为讲的是一场在冰天雪地里举行的葬礼。虽然坐在烈日下，竟也感到有些凉意。这时，一位老人在男孩身旁坐下来，开口与他搭讪。

"那些人在做什么？"老人用手指着广场上的人，问道。

"在工作。"男孩冷淡地回答，装作专心读书的样子。实际上，他脑子里想的是，如何在那商人的女儿面前剪羊毛，好让她亲眼目睹自己有多么能干。这情景他想象过若干次了，每次都是他向女孩解释，剪羊毛要从羊屁股往前剪，女孩听了，佩服得要命。他还准备了好几个有趣的故事，好在剪羊毛的时候讲给女孩听。大部分故事都是从书上读来的，不过，他讲起来仿佛都是亲身经历。反正她不会知道真相，因为她不识字。

但那老人不肯罢休，称他疲惫不堪，口干舌燥，请求男孩给他一口酒喝。男孩把酒囊递给了他，心想，也许这样一来，老人就会消停了。

然而，老人似乎打定主意要跟男孩聊天。他问男孩看的是什么书。男孩本想离开，不理睬老人，但是父亲曾教育他要尊敬老者。于是，他把书伸到老人面前。这么做有两个原因：一是他不会念那书名；二是如果那老人也不会念，就会自动走开，以免尴尬。

"嗯……"老人颠过来倒过去地看着书，仿佛书是个奇怪的东西。然后他说："这是本很重要的书，但是读起来很乏味。"

男孩有点惊讶。老人也识字，而且读过这本书。如果书真像他说的那样乏味，拿去换另外一本还来得及。

老者接着说道："这本书和几乎所有的书一样，讲的是同一个道理，人们无法选择自己的命运。它要使大家相信这个世上最大的谎言。"

“什么是世上最大的谎言？”男孩吃惊地问道。

“在人生的某个时候，我们失去了对自己生活的掌控，命运主宰了我们的人生。这就是世上最大的谎言。”

“这种事没发生在我身上。”男孩说道，“别人希望我成为神甫，而我决定当个牧羊人。”

“这样最好。”老人说，“因为你喜欢云游四方。”

他竟猜透了我的心思，男孩想。老人翻阅着那本厚厚的书，丝毫没有归还的意思。男孩注意到他的衣着有点奇怪，像个阿拉伯人。这种情况在本地并不罕见。塔里法距离非洲只有几个小时的路程，去那里只需乘船渡过狭窄的海峡。城里经常出现阿拉伯人，他们来这儿购物，每天做好几次奇怪的祷告。

“先生是哪里人？”男孩问。

“我是许多地方的人。”

"没有人能够是许多地方的人。"男孩说道，"我是牧羊人，到过许多地方，但是我只属于一个地方，那是一座古城堡附近的小镇。我就出生在那里。"

"那么，可以说我出生在撒冷①。"

男孩不知道撒冷是哪儿，但是他不想寻根究底，以免因无知而丢脸。他望着广场，呆了片刻。人们来来往往、行色匆匆，似乎都非常忙碌。

"现在撒冷怎么样？"男孩问道，试图套出点线索来。

"跟往常一样。"

这说明不了什么。不过他明白，撒冷不在安达卢西亚，否则他早就知道了。

"在撒冷您是做什么的？"男孩又问。

"在撒冷我是做什么的？"老人第一次开怀大笑起来，"听着，我就是撒冷之王！"

男孩心想，人总会说一些刁钻古怪的事情。有的时候，最好与羊群为伴，羊群不声不响，只顾吃草喝水。与书为伴也行，书总是在人们最想听故事的时候，告诉你一些意想不到的事情。但是，当人与人交谈的时候，有些人说的话会让

①耶路撒冷古称，源出于《圣经》。

我们无所适从，不知该怎样把谈话继续下去。

"我叫麦基洗德①。"老人说，"你有多少只羊？"

"不多不少。"男孩回答说。看来老人很想了解他的生活。

"那么我们就面临着一个问题。既然你认为你已经有足够的羊，我可就没法帮你了。"

男孩生气了。他并未请求帮助，反而是老人主动跟他搭讪，跟他要酒喝，还翻看他的书。

"请把书还给我。"他说道，"我得去找我的羊群，然后继续赶路。"

"你把十分之一的羊送给我，我就告诉你怎样找到宝藏。"老人说道。

男孩又想起了那个梦。突然之间，一切都明朗起来。老妇人没收取任何报酬，但这个老人却想用一个子虚乌有的承诺，从他这儿弄走更多的钱，说不定他就是那老妇人的丈夫，大概也是个吉卜赛人。

然而，未等男孩开口，那老人便俯身拿起一根木棍，开

---

① 《圣经》中的撒冷之王、上帝的祭司。

始在沙土地上写字。当他俯下身去的时候，怀里有个东西闪烁了一下，发出的光芒如此强烈，晃得男孩睁不开眼。但老人迅速用披风遮盖了那个耀眼的东西，动作之快，像他这把年纪的平常人绝对做不出来。男孩的视觉恢复了正常，能够渐渐看清老人所写的字了。

在这座小城市中心广场的沙土地上，他看到了自己父亲和母亲的名字，看到了自己走过的人生路，童年时期的嬉戏玩耍，神学院里的寒夜青灯，看到了那个女孩的名字——这是他原先不知道的。他还看到一些他从未对任何人讲起过的事情。比如，有一次偷了父亲的枪出去打梅花鹿。还有，他第一次，独自一人的性体验。

"我是撒冷之王。"老人说。

"为什么一位王要和牧羊人交谈？"男孩极为钦敬而腼腆地问。

"原因有好几个。不过，咱们先说最主要的，那就是，你已经能够完成你的天命了。"

男孩不知道什么是天命。

"天命就是你一直期望去做的事情。人一旦步入青年时期，就知道什么是自己的天命了。在人生的这个阶段，一切都那么明朗，没有做不到的事情。人们敢于梦想，期待完成他们一生中喜欢做的一切事情。但是，随着时光的流逝，一股神秘的力量开始企图证明，根本不可能实现天命。"

老人所说的这番话，对男孩来说意义不大。但是他很想知道什么是"神秘的力量"，这要是讲给那个女孩听，她会惊讶得目瞪口呆。

"那是表面看来有害无益的力量，但实际上它却在教你如何完成自己的天命，培养你的精神和毅力。因为在这个星球上，存在一个伟大的真理：不论你是谁，不论你做什么，当你渴望得到某种东西时，最终一定能够得到，因为这愿望来自宇宙的灵魂。那就是你在世间的使命。"

"就连云游四方也算吗？还有，跟纺织品商人的女儿结婚也算吗？"

"寻找宝藏也算。宇宙的灵魂是用人们的幸福来滋养的，又或者是用人们的不幸、羡慕和忌妒来滋养。完成自己的天命是人类无可推辞的义务。万物皆为一物。当你想要某种东西时，整个宇宙会合力助你实现愿望。"

他们沉默地待了一会儿，望着广场和广场上的人们。还是老人首先打破了沉默。

"你为什么要牧羊？"

"因为我喜欢四处游荡。"

一个卖爆米花的小贩把他的红色小车停在广场的一角。老人用手指着那人说："那个卖爆米花的人小时候也总想出去游荡，但却选择了买一辆制作爆米花的机器，年复一年地攒钱。等到年老的时候，他将去非洲待上一个月。他从来就不明白，人们总有条件去实现自己的梦想。"

"他应该选择当一个牧羊人。"男孩把心里想的话大声说了出来。

"他曾经想过当牧羊人。"老者说，"但是，卖爆米花的人比牧羊人有地位。卖爆米花的人有房子住，而牧羊人只能在野外露宿。人们宁愿把女儿嫁给卖爆米花的，也不愿嫁给牧羊人。"

男孩想起了那个女孩，心中一阵刺痛。在她居住的镇上，应该也会有卖爆米花的。

"总而言之，人们更重视对于卖爆米花的人和牧羊人的看法，甚至超过了对天命的重视。"

老人翻看着那本书，心不在焉地读着其中一页。男孩等了一会儿，随后便以老人先前对待他的方式，打断了老人的阅读。

"您为什么跟我讲这些事情？"

"因为你意欲履行自己的天命，并差一点就放弃了。"

"您总是在这种时刻出现吗？"

"一向如此，但是，不见得总以这种方式出现。有时候，我的方式是一条好出路，一个好主意。还有的时候，我会在关键时刻让事情变得更容易。诸如此类。不过大部分人察觉不到这一点。"

老人说，上个星期他不得不变换方式，以石头的面貌出现在一个掘矿人面前。那个掘矿人抛家舍业去寻找绿宝石，在一条河边干了五年。为了找到绿宝石，他敲开了九十九万九千九百九十九块石头。还剩一块石头，只差那一块石头，他就能发现他要找的绿宝石了。恰恰在这个关口，掘矿人打算放弃了。这个人为实现天命已经牺牲了一切，因此老人决定帮他一把。他变成一块石头，滚落在掘矿人脚下。白白浪费了五年时光的掘矿人，带着积蓄已久的绝望和怒气捡起石头，朝远处扔去。这一掷力量极大，那石头砸在另一块石头上，竟把另一块石头砸得爆裂开来，砸出了世上最美丽的一块绿宝石。

"人们很早就学会了生活的道理。"老人说，眼中露出一丝苦涩，"也许正因为如此，他们才会早早地就放弃了它们。世界就是如此。"

男孩突然想起此番交谈的起因是关于隐秘宝藏的话题。

"财宝可能被水流冲出地面，也可能被洪水掩埋在地下。"老人说，"如果你想知道你那批财宝的下落，就必须把你羊群中十分之一的羊给我。"

"把财宝的十分之一给你不行吗？"

老人看起来很失望。

"如果东西还没到手，你就先许诺于人，那你就不会积极去争取了。"

男孩说，他已经答应把财宝的十分之一给那个吉卜赛老妇人了。

"吉卜赛人都是机灵鬼。"老人叹了口气，"但不管怎样，这是件好事，它让你明白了，生活中一切都要付出代价。这正是光明斗士意图教导人们的。"

老人把书还给了男孩。

"明天，还是这个时间，你把羊群中十分之一的羊带来给我。我将告诉你如何找到那批财宝。再见。"

随后，他消失在广场的一角。

男孩想继续读那本书，然而再也无法集中精神，心里乱哄哄的，放松不下来。因为他明白了，那老妇人说的是真话。他走到卖爆米花的小贩跟前，买了一包爆米花，考虑着是否应该把那位老人刚才说过的话告诉小贩。有的时候最好让事情保持原样，想到这儿，男孩便没有开口。如果他说出来，这个卖爆米花的将一连三天考虑是否舍弃现有的一切，然而，他对推着小车卖爆米花早就习以为常了。

　　男孩不想让卖爆米花的小贩左右为难。他在城中漫无目的地走着，一直走到港口。港口有一所房屋，房屋有一个窗口，有人在窗口卖船票。埃及在非洲。

　　"要买船票吗？"售票窗口里的人问道。

　　"也许明天吧。"男孩说着，走开了。只需卖掉一只羊，他就可以到海峡的对岸去了。这个念头吓了他一跳。

"又是个痴心妄想的家伙，他根本没钱去旅行。"见男孩离开了，售票窗口里的人对他的助手说道。

在售票窗口前的时候，男孩想起了他的羊群。此刻他有些惧怕回到羊群身边。过去的两年中，他学会了牧羊的所有诀窍，学会了剪羊毛，照顾怀孕的母羊，以及如何对付野狼，保护羊群。他熟悉安达卢西亚所有的原野和牧场，了解每一只羊买进和卖出的公平价格。

他决定绕最远的那条路返回朋友家。这个城市也有一座城堡。他想沿着石头斜坡爬到城堡的一段高墙上去坐坐。从那上面，他可以望见非洲。有一次别人告诉他说，当年摩尔人就是从那边过来的。许多年间，几乎整个西班牙都被他们占领了。男孩讨厌摩尔人。吉卜赛人就是他们带来的。

从那上面，也能看到城市的大部分，包括他刚才跟老人交谈时所在的广场。

这次遇见老人可真不是时候，他想。此行的目的仅仅是想找那个会解梦的老妇人。他是个牧羊人，可那老妇人和那老人全都拿这个事实不当一回事。他们形单影只，已经对生活失去信心，不明白牧羊人最后的归宿是与他们的羊群相依为命。他熟悉每只羊，知道哪只羊瘸腿，哪只羊两个月后会下小崽儿，哪几只羊最不愿走路。他还知道如何剪羊毛，如何宰羊。如果他决定离开，羊群将会受罪。

起风了。他熟悉这种风。人们将其称作"地中海东风"，因为当年异教的乌合之众就是乘这种风来的。在来塔里法之前，他从没想到非洲竟然近在咫尺。这可是个巨大的隐患：摩尔人完全可以卷土重来。

地中海东风越刮越猛。面对羊群和宝藏，我现在进退两难，男孩想。在已经习以为常的东西和意欲得到的东西之间，他必须作出抉择。还有那个商人的女儿。不过，她不像羊群那么重要，因为她并不依赖他。说不定她都不记得他了。他敢说，如果两天后他没出现，女孩也不会有感觉。对她来说，生活日复一日，天天如此。实际上，每天都一成不变，是因为人们已经失去了对美好事物的敏锐感觉。然而，只要有明媚的阳光，人们的生活中就会出现美好的事物。

我离开了我的父亲、我的母亲，还有家乡的城堡。他们都已经习惯了，我自己也习惯了。羊群没有我，也会习惯的。男孩想。

他从城堡上朝广场望去，那小贩仍在原地卖爆米花。一对年轻恋人在先前他和老人聊天的长凳上坐下来，长时间地拥吻着。

男孩自言自语说了一句"卖爆米花的人……"，便没再说下去，因为劲风扑面而来，地中海东风刮得更加猛烈了。这种风曾带来了摩尔人，这是不争的事实。然而，它也带来了沙漠的气味，蒙着纱巾的女人的体味，还有男人的汗味和梦想。他们离开了家乡，去寻找宝藏、黄金、奇异的经历，以及金字塔。男孩面对自由自在的风，羡慕之情油然而生。他意识到，他也可以像风一样自由。什么也不能阻止他，除了他自己。羊群、商人的女儿和安达卢西亚的大地，只不过是他在达成天命的途中留下的足迹。

第二天中午，男孩又遇见了那位老人。男孩如约带去了六只羊。

　　"出乎我的意料，"男孩说，"我的朋友立刻就买下了羊群，还说他一直都想当牧羊人，这是个好兆头。"

　　"事情往往如此。"老人说，"我们把这称作'良好的开端'。第一次玩纸牌，多半会赢。这就是新手的运气。"

　　"这是为什么？"

　　"因为生活希望你去实现自己的天命。"

　　接着，老者开始检查那六只羊，他发现其中一只是瘸腿。男孩解释说腿瘸无大碍，因为那是最聪明的一只羊，而且羊毛产量很高。

　　"财宝在什么地方？"男孩问道。

　　"在埃及，金字塔附近。"

男孩吓了一跳。那吉卜赛老妇也是这么说的，但她没收任何报酬。

"要想到达那里，你必须循迹而行，上帝为每个人预示了应走的道路，你只需看懂上帝给你的预示就行了。"

男孩正要说话，但尚未开口，却飞来一只蝴蝶，在他和老人之间上下翻飞。他一下想起了祖父。小时候，祖父对他说过，蝴蝶预示着好运将至，就像蟋蟀、蝈蝈、蜥蜴和四叶草一样。

"的确如此，就像你祖父对你说的，这些都是好运将至的兆头。"老人说。他能看透男孩心里的想法。

老人打开遮在胸前的披风。男孩看到眼前的情景，深感惊讶，想起前一天他曾经见到过的发光物。老人竟戴着一块缀满了宝石的纯金胸牌。

他真的是一位王，装扮成这副模样，大概是为了躲避强盗。

"给你。"老人一边说，一边将纯金胸牌中央镶着的一块白色宝石和一块黑色宝石取下来。"这两块宝石名叫乌凌和图明。黑宝石的名字意味着'是'，白宝石的名字意味着'否'。当你辨别不出预兆的时候，它们就能派上用场。你提出问题时永远要客观。但是，一般情况下，你要尽量自己拿主意。财宝就在金字塔附近，这你已经知道了。不过你得拿出六只羊做报酬，因为我帮你作出了一个决定。"

男孩将两块宝石放进褡裢里。从今往后，凡事就要自己做主了。

"不要忘了万物皆为一物，不要忘了各种预兆的表达方式，不要忘了去完成你的天命。不过，分手之前，我还想给你讲个小故事。

"一位商人派他的儿子去向人类的智慧大师讨教幸福的秘密。少年在沙漠中跋涉了四十天，最后来到一座美丽的城堡。城堡坐落在高山之巅，少年寻找的智慧大师就住在那里。

"少年没有遇到圣人，却走进了一个大厅，看见一派热闹的场面：商人进进出出，四周角落里的人在聊天，一支小乐队演奏着曼妙的轻音乐，桌子上摆满了当地的美味珍馐。智慧大师在同所有的人交谈，足足等了两个小时才轮到少年。

"智慧大师认真地听完少年陈述此番来访的目的，却说他此刻没时间给他讲解幸福的秘密。他建议少年先在他的城堡里转一转，两个小时之后再回来见他。

"'同时，我想请你办件事。'智慧大师说着，递给少年一把茶匙，并在茶匙里滴了两滴油，'你走路的时候拿着这把茶匙，不要让油洒出来。'

"少年开始沿着城堡的大小台阶上上下下，两眼始终盯着那茶匙不放。两个小时之后，他回到智慧大师面前。

"大师问道：'你看见我餐厅里的波斯壁毯了吗？你看见园艺大师耗时十年培育的花园了吗？你留意我图书馆里那些漂亮的羊皮纸文献了吗？'

"少年很不好意思，坦白说他什么也没看到。当时他唯一关注的是不要让那两滴油洒出来，因为那是智者托付他办的事。

"'那你就再去看一看我城堡中的奇珍异宝吧。'智慧大师说，'如果你不了解一个人的家，就不能信任他。'

"少年放松下来，拿起茶匙，重新开始在城堡里漫步。这一次，他注意到了挂在天花板上和墙壁上的那些艺术品，看到了花园，看到了周围的山岭，看到了娇嫩的鲜花，看到每件艺术品都摆放得恰到好处。再回到智慧大师面前时，他详细地叙述了刚才看到的一切。

"'可我托付你拿着的那两滴油在哪儿呢？'智慧大师问。

"少年一看那茶匙，发现油已经洒光了。

"'这正是我要给你的唯一忠告。'智慧大师说，'幸福的秘密就在于，既要看到世上的奇珍异宝，又要永远不忘记勺里的那两滴油。'"

牧羊少年没说话。他听懂了老人讲述的故事。牧羊人喜欢四处游荡，但是永远不会忘记他的羊群。

　　老人看了看男孩，伸出双手，在他头顶做了几个奇怪的手势，然后便赶着羊群，扬长而去。

在小城塔里法的制高点有一座旧城堡，那是当年摩尔人修建的。坐在城堡的高墙上，可以看到一个广场、广场上卖爆米花的小贩，还可以隐约看到非洲大陆的一角。撒冷之王麦基洗德那天下午正坐在城堡的高墙上，地中海的东风吹拂着他的脸庞。他身旁那几只羊由于害怕新主人，一直骚动不安，频繁的变化刺激了它们的神经。它们想要的仅仅是水和食物。

麦基洗德看了一眼正驶离港口的那条小船。在得到了男孩十分之一的羊之后，他再也不会见到那男孩了，就如同再也见不到亚伯拉罕①一样。然而，他就是干这一行的。

神不应该有欲望，因为神没有天命，但是撒冷之王却由衷地祈愿牧羊少年得偿所愿。

①犹太教、基督教和伊斯兰教的先知，传说中希伯来民族和阿拉伯民族的共同祖先。

他想道，遗憾的是男孩很快便会忘掉我的名字。当时我应该多重复几遍，那样的话，他今后提到我的时候，就会说我是麦基洗德，是撒冷之王。

他抬头望向天空，有些后悔地说道："主啊，正如您所说，这是纯粹的虚荣，我明白这一点。不过一个老迈的王，有时需要为自己感到骄傲。"

非洲真是太奇怪了，圣地亚哥心想。

他坐在一家酒吧里，这家酒吧与他在这个城市狭窄的街巷中见到的其他酒吧一样。有些人在抽巨大的烟袋，他们你一口我一口地传递。在短短几个小时内，他见到男人手牵手，女人则都蒙着脸，阿訇爬到高高的塔顶上去唱经的同时，所有人都跪在塔周围，以头抢地。

"异教徒的玩意儿。"圣地亚哥自言自语道。小时候，在家乡的教堂里，他总看到一尊圣地亚哥·马塔莫罗斯①的雕像骑着白马，拔剑出鞘，脚下就是那些异教徒的形象。异教徒的目光都很阴险。男孩感到很不舒服，有一种可怕的孤独感。

除此之外，因急于赶路，他忘记了一个细节，一个重要

---

① 传说中带领基督教军队重新征服西班牙的英雄。

的细节，那可能会使他拖延很久才能找到那批宝藏。这细节就是：在这个国家，所有的人都只讲阿拉伯语。酒吧老板走过来时，男孩指了指邻桌人点的饮料。那是一种苦涩的茶。而男孩更喜欢喝葡萄酒。

但是，眼下他不应该关心喝什么饮料，而必须专心考虑一下宝藏以及如何获取宝藏。卖掉羊群之后，口袋里有钱了，男孩知道金钱是有魔力的：只要有了钱，谁都不会孤单。也许几天之后，他就到金字塔跟前了。一个佩戴纯金胸牌的老人，没有必要为得到六只羊而撒谎。

老人跟他谈起过预兆。在穿越海峡的途中，圣地亚哥曾思考过预兆的事。是的，他知道老人说这话的意思。在安达卢西亚原野上的时候，他就已经习惯了观察大地和天空，据此判断必经之路上的各种状况。他知道什么鸟预示着附近有蛇，哪种灌木表明几公里之外有水源。这都是羊群教会他的。

既然上帝把羊群引领得这么好，也一定会引领好人类。这样一想，男孩心里就坦然多了，茶也显得不那么苦了。

"你是谁？"

男孩正思考着，忽然听到一个人用西班牙语问道。

男孩大大地松了一口气。正想着征兆的事，就有人出现在他面前。

"你怎么会说西班牙语？"圣地亚哥问。来的是个奇怪打扮的少年，但他皮肤的颜色表明，他应该是这个城市的人。他的年龄和身高与圣地亚哥相差无几。

"这里几乎所有人都说西班牙语。从我们这儿到西班牙也就两个小时。"

"请坐，我请你喝一杯，你自己点吧，也给我点一杯红酒，我讨厌这茶。"男孩说。

"这个国家没有红酒。"少年说，"教会不允许喝酒。"

圣地亚哥告诉少年，他必须前往金字塔。他差点就说出财宝的事，但最终决定保守秘密。这阿拉伯人很可能会向他要一部分财宝，作为带他去金字塔的报酬。他想起了老人对他说过的话，东西未到手，不应轻易许下诺言。

"如果可以，我很希望你带我去那里，我可以付给你报酬。你知道怎样才能到达那里吗？"

圣地亚哥发现酒吧的老板就在近旁，正注意倾听他们谈话。这让他觉得很别扭。不过，为了找到向导，不能错失良机。

"你必须穿过整个撒哈拉大沙漠。"少年说，"穿越沙漠需要钱。我想知道你是否有足够的钱。"

男孩认为这个问题有点怪。但是他相信那位老人，老人曾对他说，当你想要某种东西时，整个宇宙会合力助你实现愿望。

男孩从兜里掏出钱，给那少年看。酒吧老板也凑上前来。他们俩用阿拉伯语交谈了几句，酒吧老板似乎生气了。

"咱们走。"少年说，"他不愿意让我们待在这里。"

男孩松了口气，起身去付账，但是酒吧老板拉住他，开始不停地说着什么。圣地亚哥身强力壮，然而此刻是在别国土地上。他的新朋友将酒吧老板推开，拉着他跑到外边。

"他想要你的钱。"少年说，"丹吉尔①和非洲其他地方不一样，这是个港口，港口总是有很多贼。"

男孩相信他的新朋友，因为少年在关键时刻帮了自己。男孩从兜里掏出钱来数了数。

"明天我们就能到达金字塔。"那少年边把钱抓到自己手里，边说道，"不过，我们需要买两头骆驼。"

他们在丹吉尔狭窄的街巷里走着，每个街角都有卖东西的棚子。最后，他们来到一个很大的广场。广场此时成了集市，数千人在那里讨价还价，买进卖出。卖蔬菜的中间夹杂着卖短剑的，卖地毯的旁边就是卖各种各样烟袋的。但是，男孩的目光一直紧盯着他的新朋友，不管怎么说，男孩所有的钱

---

①摩洛哥北部港口城市，隔着直布罗陀海峡与西班牙相望。

都在他手上呢。他本想把钱要回来,但又觉得那样做不太礼貌。他并不了解这块陌生土地的风土人情。

盯住他就行,圣地亚哥暗自思忖,反正自己比他强壮。

在纷繁杂乱的商品中间,他突然看到一把剑,那是他见过的最漂亮的剑。包银的剑鞘,黑色的剑柄,柄上嵌有宝石。男孩暗暗发誓,从埃及回来的时候,一定要买下这把宝剑。

"请你问一下摊主,这把剑多少钱。"圣地亚哥对他的朋友说。有那么两秒钟,他只顾盯着看那把剑了。

没听到回答,男孩的心一下揪紧了,胸口仿佛压了一块巨石。他不敢扭头,因为他知道将会看到什么。他的视线继续在那把漂亮的宝剑上停留了片刻,最后,终于鼓足勇气,转过身。

他的周围,集市上的人熙来攘往,高声喧哗,地毯摊中间夹杂着卖榛子的,生菜堆旁边摆放着各种铜托盘。街上的男人手牵着手,女人则都以面纱蒙头,异国的菜肴散发着香味……他那位伙伴的面孔消失无踪。

圣地亚哥仍一厢情愿地认为,他们只是偶然失散了。他决定留在原地,等着少年回来。过了一会儿,有个人爬上一座高塔，开始诵经。所有人都双膝跪倒，以头触地，跟着诵经。随后，人们像勤劳的蚂蚁般，拆掉摊位，四散而去。

太阳快要落山了。男孩望着太阳，望了许久，直到它隐藏到广场周围那些白色房屋的后面。男孩想起早晨太阳升起的时候，他还在另一块大陆，还是个牧羊人，拥有六十只羊，而且要依约去见一个女孩。早晨，他走在田野上，那时，将会发生什么事情他全都知道。

然而，太阳落山的此时此刻，他却已置身于异国他乡，身为异乡客，来到一个陌生的国度。在这里，他甚至听不懂人家说话。他已不再是牧羊人，已经一无所有，甚至连回程的钱都没有，何谈实现心愿？

一切都发生在太阳东升和西落之间，男孩想。他为自己的处境感到难过。在生活中，事情有时会在一瞬间发生变化，人们根本来不及去适应这种变化。

他一向羞于流泪，甚至从未在他的羊群面前哭过。但此时，集市已散，广场上空空荡荡，他独自一人身在异地，远离家乡。

男孩哭了。上帝如此不公平，竟以这种方式回报相信梦想的人。从前跟羊群在一起的时候，我很快乐，而且总是把快乐传达给周围的人。大家看到我出现，都会热情款待。但是现在，我既伤心又郁闷。我该怎么办呢？我会更加痛苦不堪，不再相信任何人，因为有人背叛了我。我会仇视那些找到秘密宝藏的人，因为我未能找到自己的宝藏。我永远要尽全力保住手中所有，哪怕是很少的一点。因为我太渺小了，无法将整个世界揽在怀里。

圣地亚哥打开褡裢，看看里面，或许还有点在船上吃剩下的三明治。然而，他只找到那本厚书、那件外套和老人送给他的两块宝石。

一看到宝石，他顿时觉得轻松了许多。他用六只羊换来了这两块宝石，它们是从一面纯金胸牌上取下来的。他可以卖掉宝石，买一张回程的船票。这回我可得机灵点，男孩一边想，一边将宝石从褡裢里拿出来，藏进衣服口袋里。这里是港口，这是那少年对他说的唯一一句真话：凡是港口，总免不了充斥着盗贼。

现在，他明白了酒吧老板发脾气的原因，那老板试图告诉他不要轻信那个少年。我和别人没什么两样，总是以理想的眼光看待世界，以为事情会按理想的方式发展，而不会用现实的眼光看待世界，看不到事情真相。他想。

圣地亚哥再一次察看那两块宝石，小心翼翼地依次抚摸它们，感觉到了宝石的温度和光滑。这是他的一笔财富。单是摸摸它们，心里就踏实了许多。宝石让他想起了那位老者。

"当你想要某种东西时，整个宇宙会合力助你实现愿望。"老人曾这样对他说。

圣地亚哥很想弄明白那句话是否真实。他正站在一个空荡荡的市场上，身无分文，今晚也没有羊群需要他照管。然而，他曾遇到过一位王，这宝石就是明证。王知道他的经历，知道他父亲有支枪，还知道他的第一次性经验。老人还告诉他："这两块宝石是占卜用的，名叫乌凌和图明。"男孩将两块宝石放回褡裢，他决定做个试验。老人说过，问问题要清楚明白，因为宝石只对知道自己欲求的人起作用。

男孩先问，老人对他的祝福是否依然有效。

他掏出的是那块意味着"是"的黑宝石。

"我能找到我的财宝吗？"男孩又问。

他把手伸进褡裢，刚要拿起一块宝石，两块宝石却从一个破洞漏了出去。男孩从未发现他的褡裢有破洞。他弯腰去捡乌凌和图明。但是，当看到掉在地上的宝石时，他脑海里又浮出另一句话。"要学会尊重预兆，循迹而行。"麦基洗德曾说过。

这是个预兆。男孩暗自笑了。然后，他从地上捡起那两块宝石，放进褡裢。他不想把那破洞缝上，只要宝石愿意，尽可以从那里溜出去。男孩已经明白了，有些事情是不应该问的，不能逃避自己的天命。我曾许下诺言，自己的事自己作决定，他暗自思忖。

宝石已经告诉他，老人并未抛下他不管，这令他信心倍增。他重新环顾了一圈空荡荡的市场，先前的绝望已经荡然无存。这不是陌生的世界，这是个崭新的世界。

其实，他期望的恰恰就是认识新天地。即便永远到不了金字塔，他也比任何一个他认识的牧羊人走得远。要是他们知道两个小时船程的地方，竟有这么多新鲜事物，该作何感想啊？

展现在他面前的新天地虽然只是个空荡荡的市场，但他已经领略过了充斥市场的勃勃生机，并永远不会忘怀。他想起了那把宝剑，看它一眼所付出的代价可谓高昂，但他毕竟见到了他过去从未见识过的稀罕物。他突然觉得，被骗之后，他可以像个倒霉的受害者一样看待世界，也可以像个寻宝的冒险家那样观察世界。

在筋疲力尽，进入梦乡之前，男孩想：我是个寻宝的冒险家。

有人把圣地亚哥捅醒了。刚才他在市场里睡着了，这会儿广场正重现生机。

　　他四下张望，寻找着他的羊群，后来才意识到此刻正身处另一块土地。他不但不觉得伤心，反而感到高兴。不必继续寻找水源和草场了，他要去寻找一笔财宝。他身无分文，却对生活充满信心。他已经在头天晚上作出了选择，要效仿他经常阅读的那些书中的人物，当个冒险家。

　　男孩不慌不忙地在广场上溜达着。商贩们纷纷支起售货棚。男孩帮一位甜食商贩支起货棚，那商贩脸上露出不同寻常的笑容：商贩很高兴，在生活的激励下，即将开始一整天的劳作。笑容使男孩想起了那位老者，就是他先前认识的那位神秘的王。这个甜食商贩没有制作甜食，因为他想去旅行，或者想跟一个商人的女儿结婚；这个甜食商贩正在制作甜食，因为他喜欢这份工作。男孩想着这个，发现老人能做的事，他也能做到。比如，知道一个人是在接近还是远离其天命，只需观察一下他就行。这很容易，而我以前却从未察觉这一点，男孩想。

搭好售货棚子之后，甜食商贩把做好的第一份甜食给了男孩。他心满意足地吃了，谢过商贩，继续往前走。走出一段路之后，他才想起，两人在搭售货棚子的时候，一个讲阿拉伯语，一个讲西班牙语。而他们却完全理解了对方的意思。

除了语言之外，还存在着另外一种表达方式，男孩想，我已经在羊群身上体验了这种方式，现在正在人类身上体验这一点。

他正在学习一些新的事物。这些事物他以前曾经体验过，但是，仍然是新事物，因为他当时对所经历的这些事物熟视无睹。之所以熟视无睹，是因为对它们习以为常了。

要是我掌握了这种不用语言的表达方式，我就能解读整个世界。

"万物皆为一物。"那位老人说过。

男孩决定不慌不忙、心平气和地在丹吉尔狭窄的街巷中转一转。只有以这种方式，他才能发现所有的预兆。做到这一点需要极大的耐心，不过耐心是一个牧羊人首先要具备的品质。圣地亚哥再次发现，在这个陌生的地方，他正运用着羊群教给他的经验。

"万物皆为一物。"那位老者说过。

水晶店的老板眼瞅着天放亮了。每天早晨，他都会一如既往地感到心烦意乱。他的店铺在一座山丘的顶部，几乎三十年了，一直在这个地方，很少有人光顾。现在做任何改变都为时已晚，他这辈子唯一的本事就是做水晶生意。过去有一段时间，很多人知道他的商店，有阿拉伯商人，有英国和法国的地质学家，还有口袋里从不缺钱的德国士兵。那年头卖水晶风险很大，他曾盘算着发财，在晚年的时候有美女相伴。

　　然而，好景不长，风光不再。整座城市都是这样。休达市发展得更快，超过了丹吉尔，商机随之发生变化。邻居纷纷搬走，山丘上只剩下少数几家店。由于商店太少，很少有人到山坡上来了。

　　但是，水晶店老板别无选择。三十年来，他一直靠卖水晶维持生计，现在改弦易辙为时太晚了。

　　整个上午，他都在望着行人稀少的街道。这种情形已经有些年头了，他甚至熟知每个行人的作息时间。

　　还差几分钟就该吃午饭的时候，一个外国男孩在水晶店的橱窗前停了下来。他的穿着很平常，阅历丰富的水晶店老板认定男孩没钱。老板决定回到店里稍等片刻，待那男孩离去后再吃饭。

商店门上的一张招贴注明，这里可以讲好几种语言。圣地亚哥看到了柜台后面那个男人。

"如果您愿意，我可以把这些水晶器皿擦干净。"男孩开口道，"像现在这副样子，没人愿意买它们。"

那男人看着圣地亚哥，没说话。

"作为交换，您得管我一顿饭。"

那男人仍旧沉默着。男孩觉得必须自己作决定了。他的褡裢里有一件外套，在沙漠里用不上了。他拿出外套，开始擦拭那些器皿。他用半个小时擦干净了柜台里所有的器皿。在这段时间内，进来过两个顾客，买了水晶制品。

全部擦完之后，男孩要求那男人管他一顿饭。

"咱们吃饭去。"水晶店老板说。

老板在门上挂出一块告示牌后，便和圣地亚哥来到山丘顶部的一间小酒吧。里面仅有一张桌子，他们刚一落座，水晶店老板就笑了。

"其实什么也不用擦。"他说道，"《古兰经》规定必须给饥饿的人饭吃。"

"那您为什么不阻止我呢？"男孩问。

"因为那些水晶脏了。而无论是你还是我，都需要清除头脑里的坏念头。"

吃过饭之后，水晶店老板对男孩说："我希望你在我店里打工。今天你擦水晶的时候，进来了两个顾客，这是个好兆头。"

人们总是谈论预兆，男孩想，但却不知道自己在谈什么。我也一样，没意识到许多年来，都在用一种非语言的表达方式同我的羊群交流。

"你愿意为我干活吗？"水晶商人问。

"今天可以。"男孩回答说，"天亮前，我会把店里所有的水晶都擦干净。作为交换，我需要盘缠，明天我得赶到埃及。"

水晶商人笑了。"哪怕你一整年都给我擦水晶，哪怕你从每一件卖出去的商品中都能挣到可观的佣金，仍然必须借一笔钱才能去埃及。从丹吉尔到金字塔，要穿过几千公里的沙漠呢。"

一时间，周围一片寂静，似乎整个城市都静止不动了。

集市里的货摊、商人们的吵闹、爬到清真寺尖塔上诵经的人、剑柄上镶着宝石的漂亮宝剑，全都不复存在了。希望和冒险、老迈的王和天命、宝藏和金字塔，全都不复存在了。仿佛整个世界都停滞了，因为男孩的心已经死了。没有痛苦，没有悲伤，没有失望，只有透过酒吧小门投向外面的失神目光，只有寻死的强烈愿望，只有让一切都在这一刻永远结束的强烈愿望。

水晶商人惊恐地看着男孩。上午在男孩身上见到的快乐，突然之间不见踪影。

"孩子，我可以给你回家的钱。"水晶商人说。

男孩仍旧沉默着。随后，他站起身来，整理了一下衣服，拿起他的褡裢。

"先生，我将为您打工。"他说。

又沉默了一阵之后，他说道："我需要钱，好去买些羊。"

 下 部

圣地亚哥为水晶店老板干活已经将近一个月了，这并不是他喜欢的工作。老板整天在柜台后面絮絮叨叨，要求他小心摆弄那些水晶，千万别打碎一件。

　　不过，男孩还是继续干下去了。因为店主虽然脾气不好，但为人还算公正，每卖出一件商品，男孩就能拿到一笔不菲的佣金。如今他已经积攒下一些钱。一天上午，他算了算账，如果照现在这样继续干下去，还需要整整一年才能买羊。

　　"我想做一个水晶陈列架。"男孩对老板说，"可以把陈列架放在店外，吸引从山坡下面经过的人。"

　　"以前我从未做过陈列架。"老板回答说，"行人路过时会碰到陈列架，水晶会摔碎的。"

　　"过去我在田野里放羊的时候，碰到蛇，羊就有可能被咬死。不过，这种事情是牧羊人和羊群生活中的一部分。"

水晶店老板接待了一位要买三件水晶器皿的顾客。现在，店里生意兴隆，比以往任何时候都好。仿佛时光倒流，又回到了从前，这里成了丹吉尔人气最旺的街市之一。

　　"现在生意已经相当好了。"那位顾客走后，老板对男孩说，"赚的钱可以让我生活得更好，也能让你在不久之后买一群羊。这就足够了，何必苛求呢？"

　　"因为我们得按预兆行事。"男孩几乎是下意识地脱口而出，说完便后悔了，因为水晶店老板可从来没遇到过什么撒冷王。"这叫作'良好的开端'，'新手的运气'，因为生活希望你去体验自己的天命。"老人曾这样说过。

　　尽管如此，店老板却明白男孩说的话。男孩出现在他店里这件事本身就是一个预兆。日子一天天过去，钱柜里的钱越来越多。雇用了一个西班牙人，老板一点也不后悔，即便男孩现在挣的钱比他应该挣的要多。当初老板一直认为，雇了男孩，生意不会有什么变化，于是答应给男孩较高的佣金，直觉告诉他，男孩很快就会回去放羊。

　　"你为什么要去金字塔？"老板问，他想转移有关陈列架的话题。

　　"因为总有人对我提起它们。"男孩说，绝口不提他做的那个梦。如今那批宝藏成了一个痛苦的念想，男孩不愿想起它。

"我从没见过有人仅仅为了看金字塔而要穿越沙漠。"店老板说，"那只是一大堆石头。你可以在你家后院建一个嘛。"

"您从来没梦想过云游四方。"男孩说着，便去接待一个走进店里的顾客了。

两天以后，店老板主动找男孩谈起陈列架的事。

"我不喜欢变化。"水晶商人说，"无论你还是我，都不是富商哈桑那样的人。如果一笔生意赔了钱，对他不会有太大的影响。而我们一旦失误，将饮恨终生。"

的确如此，男孩心想。

"你为什么想做陈列架呢？"水晶商人问。

"我想尽快回到我的羊群身边。当好运降临时，我们必须抓住机会，顺应趋势，竭尽全力推动好运向前发展。这叫作'良好的开端'，或者'新手的运气'。"

店主没说话，沉默了一会儿之后，说："先知赐予我们古兰经，给我们留下了五项戒律，要我们一生遵行。其中最重要的一项是，真神只有一个。此外还有，每天祈祷五次，斋月的时候要禁食，面对穷人乐善好施。"

说着说着，他停了下来。在提到先知的时候，他眼中噙满泪水。他是个虔诚的教徒，虽说脾气很坏，但仍尽力按照伊斯兰教义去生活。

"第五项戒律是什么？"男孩问道。

"两天前，你说我从未梦想过云游四方。"店老板回答说，"第五项戒律就是所有的穆斯林教徒都要出行一次。一生当中至少要有一次，我们应该去一趟圣城麦加。

"麦加比金字塔还要远得多。年轻的时候，我选择了先积攒一点钱，开这个商店。当时我想，等成了富翁，就去麦加朝圣。我赚到了钱，但却不能把店铺交给别人照管，前去朝圣，因为水晶是易碎的。与此同时，我看到许多人从我的店前经过，朝着麦加的方向走去。有些朝圣者是富翁，他们有仆人和骆驼随行，但是，大多数朝圣者比我当年还穷。

"所有的人前去朝圣和朝圣归来时都兴高采烈，把朝圣的象征物挂在自家的门上。他们当中有一位鞋匠，专靠替人家修补靴子为生。他对我说，他在沙漠里走了将近一年，但是，每当他不得不在丹吉尔穿街走巷收购皮革的时候，却总觉得比去朝圣还要累。"

"您为什么不现在去麦加呢？"男孩问道。

"因为麦加是支撑我活下去的希望，使我能够忍受平庸的岁月，忍受橱柜里那些不会说话的水晶，忍受那间糟糕透顶的餐厅里的午饭和晚饭。我害怕实现我的梦想，实现之后，我就没有活下去的动力了。

"你的梦想是羊群和金字塔。你与我不同，因为你希望实现你的梦想，而我只是想保有去麦加的梦想。我曾无数次地想象过，如何穿过沙漠，到达安放着圣石的广场，在触摸圣石之前，围着它绕行七圈。我曾想象过有些人站在我身旁，有些人站在我前面，还有我们的谈话和共同的祈祷。可是，我担心会大失所望，所以我宁愿只保留一个梦想。"

就在这一天，水晶店老板同意做陈列架。并非所有的人都以一样的方式对待梦想。

又过去了两个月，陈列架把许多顾客吸引到水晶店来。男孩估计，再干上六个月，他就可以回西班牙并买上一百二十只羊。用不了一年，羊的数量就能翻上一番，而且还能跟阿拉伯人做生意，因为他已经会讲那种奇怪的语言了。这段时间，他一直没动过乌凌和图明。因为埃及对于他来说，就像圣城麦加对于水晶商人一样，早已变成了一个遥远的梦想。男孩现在很满意自己的工作，并且无时无刻不在憧憬着凯旋塔里法的那一天。

"切记，你永远都要清楚你想要什么。"撒冷王对他说过。男孩很清楚自己想要什么，并且正在为此而工作。也许他的财宝就在这块陌生的土地上，他遇到过一个骗子，但之后一分钱没花就使他的羊群翻了一番。

男孩感到非常自豪。他学到了一些很重要的东西，比如做水晶生意，不用语言的表达方式，以及发现预兆。一天下午，他在山丘顶上见到一个人发牢骚，说爬上坡顶竟找不到一个像样的地方喝饮料。男孩早已熟悉了预兆，便找到店主谈话。

"咱们卖茶给那些爬到山坡上来的人喝吧。"

"这里有很多人卖茶。"老板回答说。

"我们可以把茶水盛在水晶杯里来卖。这样一来，人们不但会喜欢茶水，还愿意购买水晶杯，因为美丽最易令人折服。"

水晶店老板盯着男孩看了一会儿，什么话也没说。但是，那天下午做完祈祷，关上店门之后，他和男孩在路边坐下来，并邀请男孩吸水烟，就是阿拉伯人使用的那种奇怪的烟斗。

"你现在想得到什么？"水晶店老板问。

"我已经对您说过了。我要把我的羊群买回来。办这件事需要钱。"

店主往烟袋里加了些炭火，然后深深地吸了一口。

"这个店铺我已经开了三十年，我会识别水晶的好坏，了解水晶的所有特性。我熟悉每块水晶的大小和折光度。如果你用水晶杯盛茶水卖，商店必然会扩大，这样一来，我就必须改变我的生活方式。"

"这难道不好吗？"

"我已经习惯了这种生活。在你来这儿之前，我曾认为我在同一个地方待的时间太长了。而这期间，我所有的朋友都有了变化，有破产的，也有发财的。这一切使我感到非常难过。现在我明白了，根本不必伤心，店铺的规模正如我期待的那样，恰到好处。我不想再变了，因为我不知道该怎么变。我对自己的一切已经非常习惯了。"

男孩一时不知该说什么才好。

店主又说："你一度成为我的福音。而今天我明白了一个道理，任何不被接纳的福音，都会变成诅咒。我对生活没有更多的要求。而你正迫使我盯着从未见过的财富和前景。现在，我知道了这些财富和前景，也知道了我完全有可能拥有它们。可是我的感觉却比以前糟糕了。因为我知道自己可以拥有这一切，却不愿拥有它们。"

幸亏当初我没对那卖爆米花的说什么，男孩心想。

两个人又抽了一阵子水烟。太阳渐渐落山。他们交谈时用的是阿拉伯语，男孩对自己的表现很满意，因为他会讲阿拉伯语了。有一段时间，他曾经以为羊群能够教会他一切，但是，羊群不会教他阿拉伯语。

世上一定还有其他一些东西是羊群教不了的，因为它们只是一味地寻找食物和水源。男孩心里这样想着，望着沉默的水晶店老板。我认为并不是羊群在教，而是我在学，他又想。

"马克图布。"店老板终于开口说道。

"什么意思？"

"你必须生来就是阿拉伯人才能弄懂它的意思。"店老板回答说，"大意是：命中注定。"

他一边熄灭水烟袋里的炭火，一边告诉男孩，可以用水晶杯卖茶水。生活的河流是无法阻挡的。

人们爬上斜坡，往往会感到疲惫，而坡顶上有一家出售漂亮水晶制品的商店备有清凉的薄荷茶。人们走进去喝茶，茶水都盛在漂亮的水晶杯子里。

　　我妻子从来没想到过这样做，有人突然想到，当即买了几只水晶杯，因为当晚将有客人造访他家，宾客们一定会对这些绮丽的水晶杯惊诧不已。另一个人打包票说，用水晶杯喝茶永远都是最可口的，因为水晶杯能更好地留住茶香。第三个人又说，使用水晶杯来喝茶是东方的传统，因为水晶具有魔力。

　　没过多久，消息就传开了，很多人爬到斜坡顶上来，想见识一下这家在如此古老的行业里独出心裁的商店。又有一些用水晶杯卖茶水的商店开张，不过由于不在斜坡顶上，生意十分冷清。

不久之后，水晶店老板又雇用了两名店员。他在采购水晶制品的同时，购进大量的茶叶，供那些追求时尚的男女来店里消费。

六个月就这样过去了。

圣地亚哥在日出前醒来。从他第一次踏上非洲大陆算起，已经过去了十一个月零九天。

男孩穿上白亚麻布的阿拉伯服装，这是他特意为这一天准备的。他在头上包了块头巾，用骆驼皮做的头箍固定住，穿上一双新凉鞋，悄悄地走下楼梯。

城市仍在沉睡中。他做了一份芝麻三明治，喝了杯用水晶杯盛着的热茶，随后便坐在门槛上，一个人吸起水烟来。

他默默地吸着，什么都不想，只是倾听着那持续不断的风声。那风带来了沙漠的气息。抽完烟之后，他把手伸进衣服的一个口袋里，然后端详了一会儿从兜里掏出来的东西。

那是厚厚的一沓钱，足够用来买上一百二十只羊、一张回家的船票和一张贸易许可证。有了许可证，他就能往来于西班牙和摩洛哥做生意。

他耐心地等到店主醒来，开门营业。两个人又一起喝了点茶。

"今天我就走了。"男孩说，"我有了买羊的钱，您也有了去麦加的钱。"

店主没吭声。

"请您祝福我。"男孩又说，"您曾经帮助过我。"

老板仍旧一言不发，默默地沏着茶。过了一会儿，他转过身来，面对男孩。

"我为你感到骄傲。"他说，"你为我的水晶店带来了生机。但是你知道，我不会去麦加，就像你知道自己不会回去买羊一样。"

"这是谁告诉您的？"男孩惊讶地问。

"马克图布。"水晶店老板淡然地说。

他祝福了男孩。

圣地亚哥回到房间里，把自己的全部东西集中在一起。那是三个装得满满的包。正要离开时，他发现以前放羊时用的旧褡裢躺在房间的一个角落，皱成一团。他几乎记不得它了。里面还装着那本书和他的外套。他一边往外取外套，一边想着要把外套送给街上的某个男孩。就在这时，那两块宝石滚落在地，是乌凌和图明。

　　男孩想起了撒冷王，并惊讶地发现，自己已经很长时间没有想到他了。为了不至于垂头丧气地回西班牙，这一年来他不停地干活，一门心思想着挣钱。

　　"永远不要放弃你的梦想。"撒冷王这样说过，"要遵循预兆行事。"

　　男孩从地上捡起乌凌和图明，再次产生了那种奇怪的感觉，觉得撒冷王就在近旁。他辛辛苦苦干了一年，预兆表明，现在是离开的时候了。

　　我会重新成为原来那样的人，男孩想，只是羊群并没有教我阿拉伯语。

　　但是，羊群却教过他一件更重要的事，即世上有一种人人都能理解的语言。在使水晶店兴旺发达的那段时间里，男孩曾经运用过它。这是一种热情的语言，表达着爱和毅力。用这种语言可以寻求所期望或坚信的东西。丹吉尔已经不再是个陌生的城市，男孩觉得他已经征服了这个地方。用同样的方式，他也能征服世界。

　　"当你想要某种东西时，整个宇宙会合力助你实现愿望。"老迈的撒冷王这样说过。

　　但是，撒冷王却没说过有人会骗取钱财，没说过大沙漠浩瀚无垠，没说过会有知道自己的梦想却不愿去实现的人。撒冷王也没说过金字塔只不过是一个大石头堆，而且谁都可以在自家后院里造一个。还有一件事他也忘记说了：当手上的钱足够买下比原来还要多的羊群时，就应该买下它们。

　　男孩拿起褡裢，把它同其他包放在一起。他走下楼梯，老板正在接待一对外国夫妇。同时还有两位顾客一边在店里转悠，一边端着水晶杯喝茶。早晨能有这些顾客就相当不错了。男孩头一次发现，老板的头发非常像撒冷王的头发。他想起了甜食商贩的微笑，那是他来到丹吉尔的第一天，当时他正走投无路，没有食物充饥。那微笑也使他想起撒冷王。

撒冷王似乎曾经从这里经过并留下了记号，男孩想道，他们这辈子从来就没见到过那位老迈的王。但不管怎样，他说过，他总会出现在为天命而奋斗的人面前。

男孩没有跟水晶店老板告别就走了。他不想让别人看到自己流泪。然而，他将怀念这段时光，怀念学到的所有美好的东西。他的自信心更强了，有一种征服世界的冲动。

但是，我正要奔赴我熟悉的田野，重新去放牧羊群。他不再为自己的决定感到高兴。他为实现梦想整整干了一年，而这个梦想正一分一秒地失去其重要意义。也许那并不是他的梦想。

说不定像水晶店老板那样更好：永远不去麦加，依靠对麦加的憧憬而活。但是他手中攥着乌凌和图明，这两块宝石带给他撒冷王的意志和力量。由于机缘巧合，抑或是某种预兆，男孩这样想着，来到了第一天到这个城市时光顾过的那间酒吧。那个骗子已经不在了，酒吧老板给他端来一杯茶。

我随时都可以重新成为牧羊人，男孩心想。我已经学会了照顾羊群，永远不会忘记它们的脾性。不过，那样的话，我也许没有机会去埃及金字塔了。老人有一面纯金胸牌，并且知道我的经历。他是一位真正的王，一位智慧的王。

此处距离安达卢西亚平原仅仅两个小时的船程，但是在他与金字塔之间却横亘着一大片沙漠。但此种境况也让男孩意识到：他距离自己的宝藏近了两个小时的路程。尽管他几乎用了整整一年，才走完这两个小时的路。

我知道为什么想回去牧羊。我已经熟悉了羊群，它们不会让我费很大力气，并且能讨我喜欢。我不知道沙漠能不能让我喜欢，但是沙漠里却埋藏着我的财宝。如果找不到那些财宝，我随时可以返回家园。但是生活突然给了我足够的金钱，而且又有足够的时间，为什么不去寻宝呢？

那一刻，男孩感到无比快乐。他随时可以重新去当牧羊人，随时可以回水晶店。也许世界上还有很多埋藏的宝藏，但是他曾经重复做过同一个梦，并遇见过一位王。这可不是什么人都能经历的事。

男孩兴冲冲地走出酒吧。他想起了水晶店老板的一位供应商，那商人是通过商队，穿越沙漠为他带来水晶制品的。男孩手中攥着乌凌和图明，由于这两块宝石，他正重新踏上寻宝之路。

"我总是在那些为实现天命而奋斗的人身边。"撒冷王说过。

　　他没费什么力气就找到了那家货栈，他想知道金字塔是否真的非常遥远。

英国人坐在一座充斥着灰尘、汗臭和牲口气味的房子里。这样的房子根本称不上是货栈，充其量只是个牲口棚。想不到我这辈子竟沦落到这种地方，他边翻阅着一本化学杂志，边在心中这样想道，十年寒窗竟把我引进了一个牲口棚。

但是他必须继续走下去，必须相信预兆。他将全部生命、所有研究都投入到寻找宇宙唯一的语言中去了。他先是对世界语产生了兴趣，然后是宗教，最后是炼金术。他会讲世界语，对各种宗教了如指掌，但还没有成为炼金术士。他已经解读了一些关键的东西，这是事实。但是，他的研究遇到了瓶颈，无法再向前推进。他曾试图与某个炼金术士取得联系，结果白费力气。炼金术士都是些古里古怪的人，他们总考虑自己，向来都拒绝帮助别人。谁知道怎么回事，他们也许并未发现炼金术的秘密，即点金石，所以才三缄其口。

为寻找点金石，英国人已经白白耗费了父亲留给他的部分家产。他曾经是世界上最好的图书馆的常客，购买了有关炼金术的所有最重要和最罕见的著作。在其中一部著作中，他发现，很多年以前，有一位著名的阿拉伯炼金术士访问过欧洲。据说他当时已经两百多岁了，声称已经发现了点金石和长生不老液。英国人被这个故事打动了。不过，要不是他的一位朋友从沙漠考古回来对他说了一番话，这个故事充其量只是个传说而已。他的朋友告诉他，有一位阿拉伯人具有特异功能。

　　"那人住在法尤姆① 绿洲。"他的朋友说，"人们都说他有两百岁了，还说他能把任何金属变成黄金。"

　　英国人兴奋得难以自持。他立即取消了所有的日程安排，把所有最重要的书籍找出来，然后直奔非洲。此刻，他正坐在这个牲口棚一样的货栈里。外面有一支庞大的商队正在为穿越撒哈拉沙漠作准备。商队将路过法尤姆绿洲。

　　我必须去找那个该死的炼金术士，英国人心想。牲口散发出的气味也变得稍稍可以忍受了。

　　一个阿拉伯男孩背着旅行包走进货栈，跟英国人打了一个招呼。

---

①埃及西部沙漠中的洼地，位于开罗西南。

"您要去哪儿？"阿拉伯男孩问。

"去沙漠。"英国人回答，然后又埋头看书。这会儿他不愿与人交谈。他需要把十年来学到的东西重温一遍，因为炼金术士一定会对他进行某种考核。

阿拉伯男孩也掏出一本书读起来。那是一本西班牙语的书。这倒不错，英国人想。他的西班牙语比阿拉伯语讲得好得多，如果这男孩也去法尤姆，没什么要紧事可忙的时候，就可以跟他聊天了。

真有意思，当圣地亚哥正要重新阅读书上开头部分的葬礼场面时，忽然想，差不多两年前我就开始读它了，还没读完这几页呢。尽管不再有什么撒冷王来打断他的阅读，可他还是无法集中精力。他对自己作出的决定仍抱有怀疑。但是，他意识到了很重要的一点，那就是，一旦作出决定，实际上便坠入了一股巨大的洪流之中，这洪流会把人带到一个你作决定时从来没想到的地方去。

　　当我决定去寻找宝藏的时候，绝没想到会在一家水晶店打工。为了证实自己的论断，男孩想，同样，加入商队可以说是我作出的一个决定，但商队奔向何方则永远是个谜。

　　在他面前有一个欧洲人，也在读一本书。那欧洲人很令人讨厌，男孩进来的时候，欧洲人曾轻蔑地瞥了他一眼。他们原本可以成为好朋友，但欧洲人的态度让交谈无法继续。

男孩合上了书。他不想做任何使别人觉得他与那欧洲人相似的事。他从兜里掏出乌凌和图明,独自把玩起两块宝石来。

那英国人惊叫起来:"一块乌凌和一块图明!"

男孩飞快地将两块宝石装进口袋里。"这是非卖品。"他说。

"它们没那么值钱。"英国人说,"只不过是大块石英晶体而已。世界上有无数大块石英晶体,不过,懂行的人都知道这是乌凌和图明。我没想到这种地方还有乌凌和图明。"

"这是一位王赠送的礼物。"男孩说。

英国人没说话。随后,他把手伸进口袋里,令人惊讶的是,他掏出了两块一模一样的宝石。

"你刚才提到一位王?"他说。

"而您并不相信王会和牧羊人对话。"男孩说道,这次是他想结束谈话。

"恰恰相反。正是牧羊人最先认识王,世上其余的人则拒绝认识他。因此,王很有可能会跟牧羊人交谈。"

由于担心男孩听不懂他说的话,英国人又补充说:"这是《圣经》里说的。是教会了我加工乌凌和图明的那本书里说的。这种宝石是上帝允许用于占卜的唯一的物品。祭司们都把它们镶嵌在一块纯金的胸牌上。"

男孩很庆幸自己来到了这个货栈。

"也许这是一个预兆。"英国人故作深沉地说。

"谁跟您谈到过预兆？"男孩的兴趣越来越浓。

"生活中的一切都是预兆。"英国人说道，说着便合上了正在阅读的那本书，"宇宙中有一种人人都能懂的语言，但是这种语言已经被遗忘了。我正在寻找它，还有其他的东西，所以才来到这里。我必须找到一个了解这种语言的人，一位炼金术士。"

他们的谈话被货栈老板打断了。

"你们二位运气真好。今天下午就有一支商队出发去法尤姆。"胖胖的阿拉伯人说道。

"可我要去的是埃及。"男孩说。

"法尤姆就在埃及。"货栈老板说，"连这都不知道，你算什么阿拉伯人？"

男孩说自己是西班牙人。英国人很满意：虽然男孩穿得像个阿拉伯人，但至少来自欧洲。

"他把'预兆'都称作'运气'。"英国人待那胖胖的阿拉伯人走出去之后，说道，"如果有能力，我将撰写一部恢弘的百科全书，专门论述'运气'与'巧合'这两个词。宇宙的语言就是用这两个词书写的。"

接着他又对男孩说，碰到手里拿着乌凌和图明的人并不是"巧合"。他问男孩是不是也在寻找那个炼金术士。

"我在找一批财宝。"男孩说完，立刻就后悔了。

不过英国人似乎并没有特别在意他的话。

"从某个角度来说，我也在寻宝。"他说。

当货栈老板招呼他们出去时，男孩说了一句："我根本不知道什么是炼金术。"

"我是这支商队的头领。"一个黑眼睛、蓄长髯的男人说道，"对商队中的每个人，我都有生杀予夺的权力。沙漠是个任性的女人，有时候会让男人发疯。"

　　商队差不多有两百人，以及四百只牲口，有骆驼、马匹、毛驴、家禽。英国人则带了好几个箱子，里面装满了书。商队中有妇女、儿童，还有一些腰挎宝剑、肩扛长枪的男人。货栈一带到处是嘈杂的人声，为了让所有人都能听明白他的意思，头领不得不把他的话重复了几遍。

　　"这里有各种各样的人，各自心中都有不同的神明。但是，我唯一信奉的神就是安拉。我向安拉发誓，将竭尽全力，求得圆满，再一次征服沙漠。现在，我要你们每个人都向各自心灵深处信奉的神明发誓，无论在何种情况下，都要服从我。在沙漠中，不服从就意味着死亡。"

人群里响起一片窃窃私语声。大家都在低声向自己的神发誓。男孩向耶稣基督发了誓。英国人则默不作声。窃窃私语的时间比普通的发誓要长，因为人们也在祈求上天保佑。

一声长长的号音后，人们纷纷跨上各自的坐骑。男孩和英国人也已买好了骆驼，他们有些费力地爬到骆驼背上。男孩为英国人的骆驼感到难过，它还得驮着几箱沉甸甸的书呢。

"根本不存在什么巧合。"英国人说，试图将他们在货栈里开始的那场谈话继续下去，"是一个朋友把我带到了这里，因为他认识一个阿拉伯人，据说……"

然而，商队启程，已经无法听清英国人说的话了。不过，男孩很清楚英国人想说什么，他想说的是将一件事与另一件事联系在一起的神秘纽带。就是这神秘的纽带，使男孩成了牧羊人，让他重复做同一个梦，并到达了非洲附近的一座城市，接着让他在那个城市的广场上遇见撒冷王，后来他的钱被偷，这使他结识了一位水晶店的老板，而后……

一个人越是接近梦想，天命就越成为他生存下去的真正理由，男孩心想。

商队开始朝着西方行进。他们上午赶路，中午日头最毒的时候便停下来，傍晚时分再重新上路。男孩很少跟英国人聊天，而那英国人把大部分时间都消磨在读书上了。

　　男孩默默地观察着人群和牲口在沙漠里行进。现在，一切都与出发的那一天大相径庭了。那天人声鼎沸，一片混乱，孩子们的哭闹声，牲口的嘶叫声，领队和商人们的吆喝声，全都交织在一起。然而，在沙漠里，只有无休无止的风声，牲口的踏蹄声和永远的寂静，就连领队之间也很少交谈。

　　"这沙漠我已经走过许多次了。"一天晚上，有个赶驼人说道，"不过这片沙漠太大了，地平线遥不可及，令人感到自己太渺小，根本不想说话。"

　　虽然男孩此前从未踏进过沙漠，但他明白赶驼人话里的含义。每当观看泱泱大海或熊熊烈焰的时候，他能一连几个小时保持沉默，脑子里什么都不想，完全沉浸在自然的浩瀚和威力之中。

我从羊群身上学到了东西，从水晶身上学到了东西，他心想。我也能从沙漠身上学到东西。我觉得沙漠更沧桑，更智慧。

风刮个不停。男孩想起了他坐在塔里法一座城堡上的那一天，当时刮的就是这种风。要是不来非洲，也许此刻，他仍在安达卢西亚的田野上，轻轻抚摸那些寻找食物和水源的羊群呢。

它们已经不是我的羊了，男孩在心中说，并没觉得有什么可眷恋的。它们大概已经习惯了一个新的牧羊人，早把我忘了。这样很好。谁像羊群那样习惯了云游四方，谁就明白出游是必不可少的。

后来，他又想起了那个商人的女儿，并确信她已经结婚。说不定是跟一个卖爆米花的小贩，或者跟一个也会读书识字和讲神奇故事的牧羊人。毕竟，他不可能是唯一一位具有这类本事的牧羊人。男孩开始为自己的一种预感惊讶不已：也许他也在学习宇宙语言的历史，宇宙语言能知道每个人的过去与未来。

照他母亲习惯的说法，这就是"预感"。男孩明白了，预感就是灵魂飞快地投入生命的洪流当中，世上所有人的经历都在这洪流中联系在一起。我们因此能无所不知，无所不晓，因为一切均已命中注定。

"马克图布。"男孩说，想起了水晶店老板。

沙漠里，有的地方黄沙遍野，有的地方乱石嶙峋。如果面前有一块石头，商队绕过去就可以了；如果遇到的是陡峭的山岩，那就得兜上一个大圈子。如果骆驼感觉沙粒过于细腻，它们就找沙子比较密实的地方通过。有时，地面上覆盖着一层盐，那地方从前应该是一个湖泊。于是，牲口都不肯往前走。赶驼人便跳下地，把货物背在身上，等通过那段难走的路之后，再把货物放回牲口背上。如果某个领队病了或是死了，他们就通过抓阄选出一个新领队。

所有这一切，都是因为无论绕行多少弯路，商队永远只朝着一个方向行进。克服所有障碍，循着那颗指示着绿洲方位的星斗前进。清晨，当人们望见那颗星星在天空中闪烁的时候，心中明白，它指示的地方，有女人、水源、椰枣树和棕榈。只有英国人不在意这一切,大部分时间里,他都在埋头读书。

男孩也有一本书,旅途中的头几天,他曾经想过读一读那本书,但是他发现,观察商队和倾听风声比读书有意思多了。因此,当他对骆驼更加熟悉并迷上这种动物之后,便把书扔掉了。书是不必要的负担,尽管男孩曾养成一种近乎迷信的观点:以书为友,开卷有益。

男孩最终同那个一直走在他旁边的赶驼人成了朋友。他习惯了夜晚跟大家围坐在篝火旁,把自己当牧羊人时的种种奇遇讲给那赶驼人听。

有一天,聊天的时候,赶驼人也讲起了他的生活经历。

"我原先住在离开罗很近的一个地方。"他讲道,"当时我有孩子,有菜园,过着似乎一辈子也不会变化的生活。有一年收成很好,我们全家人都去了麦加,完成了我今生唯一未尽的义务,我可以死而无憾了,这使我感到高兴。

"有一天,忽然天摇地动,尼罗河河水暴涨,漫出河床。我原以为只会发生在别人身上的事,最终落在了我的头上。我的邻居们担心洪水夺去他们的橄榄树,我妻子生怕大水卷走我们的孩子,我则惧怕看到我打拼来的一切毁于一旦。

"但是毫无办法。土地无法耕种了,我只好另谋生路。如今我成了赶驼人。不过从此我理解了安拉的那句话：谁也不必担心未知的事情，因为谁都能得到他期望和需要的一切。

"我们担心失去的，只是那些我们现在拥有的东西：我们的生命，或我们的作物。但是，当我们明白了生命的历程与世界的历程都是由同一只手写就的时候，这种担心就会消失。"

有时候，会在夜间与别的商队相遇。总有一支商队有另一支商队所需的物资，就仿佛一切真的是由同一只手写就。赶驼人相互交换关于风暴的信息，并围坐在篝火旁，讲述沙漠里的故事。

　　还有的时候，会遇见一些戴风帽的神秘人物。他们是为商队探路的贝都因人，给商队提供有关劫匪和野蛮人部落的消息。这些人一袭黑衣，只露出一双眼睛，悄无声息地赶来，悄无声息地离去。

　　有一天晚上，那赶驼人来到圣地亚哥和英国人围坐着的篝火旁。

　　"听说部落之间打起仗来了。"

三个人都陷入了沉默。虽然谁都没说一句话，男孩却发现空气中弥漫着恐惧的气息。他再次觉察到了那种语言，即宇宙的语言。

　　过了一会儿，英国人问是不是有危险。

　　"一旦进入沙漠，就不能走回头路。"赶驼人说，"既然不能回头，我们就只应该关心今后以什么方式行进最好。其余的事，包括危险不危险，就都交给安拉来管了。"

　　他用那句神秘的话总结说："马克图布。"

　　"您得多注意观察商队。"赶驼人离开以后，男孩对英国人说，"虽然商队绕了许多圈子，却始终奔向同一个方向。"

　　"而你应该多读一些关于世界的书籍。"英国人说，"读书和观察商队具有同样的作用。"

　　这支由人群和牲口组成的庞大队伍开始加快行进的速度。现在，大家不仅白天全沉默不语，就连夜晚也变得悄无声息了，而过去他们习惯于晚间聚在篝火旁聊天。有一天，商队头领决定连篝火也不点了，以免引起外人对商队的注意。

　　赶路的人便将牲口围成一个圈，所有的人都挤在里边睡觉，试图以此抵御夜间的寒冷。头领还在商队周围安排了持枪的哨兵。

有一天夜里，英国人睡不着觉。他叫醒了男孩，两个人开始沿着宿营地周围的沙丘散步。那是一个月圆之夜，男孩把自己的全部经历都讲给英国人听。

英国人被水晶店的故事吸引，尤其听说男孩在店里工作后，水晶店生意蒸蒸日上，更是非常着迷。

"这就是推动一切事物发展的基础。"英国人说道，"在炼金术中被称作'世界之魂'。当你一心一意希望得到某种东西时，就离世界之魂更近了。它永远是一种积极的力量。"

他还说，这不是人类独有的天赋：地球上的一切事物都有灵魂，无论是矿物、植物、动物，还是一个简单的念头，无一例外。

"地球上所有的事物永远都在变化，因为地球是有生命的，并且有灵魂。我们是这一灵魂的组成部分，可我们却很难察知它一直在帮助我们。不过你应该明白，在水晶店里，就连那些水晶杯都在为你的成功加油。"

男孩望着月亮和白沙，半晌没有说话。

"我看到了商队穿越沙漠向前行进。"男孩终于开口道，"商队和沙漠讲同一种语言，所以沙漠允许商队通过。沙漠将检验商队走出的每一步，以便看看商队是否与它完全协调一致。

如果协调一致，商队必将到达绿洲。如果我们当中的某个人勇气十足地来到这里，却不懂得这种语言，那么，他第一天就会死去。"

他们一起仰望着月亮。

"这就是预兆的魔力。"男孩又说，"我目睹了领队们怎样阅读沙漠中的预兆，目睹了商队的灵魂怎样同沙漠的灵魂对话。"

过了一会儿，英国人开口了。

"我得多注意观察商队。"他说。

"我得多读读你那些书。"男孩说。

那些书很奇特，讲的都是关于汞、盐、龙和王者什么的，男孩根本看不懂。尽管如此，他发现，似乎所有书里都在重复着一种观念：万物皆为一物的表现。

　　在其中一本书里，男孩读到有关炼金术最重要的文字，只有寥寥几行，据说写在一块普通的翡翠板上。

　　"那就是翡翠板。"英国人说，能教给男孩一些东西，令他感到骄傲。

　　"那还要这么多书干吗？"

　　"为了理解那几行文字。"英国人说，但对于自己的回答并不是十分有把握。

　　有一本书是男孩最感兴趣的，讲的是著名的炼金术士们的故事。他们一辈子都在实验室里提炼金属。他们相信，一种金属经过成年累月的冶炼，最后就会摆脱自身固有的全部特性，只剩下世界之魂。这唯一剩下的东西，可以使炼金术士理解世上的一切，因为它是万物用以相互沟通的方式。炼金术士把这种东西称作元精，它由液体和固体构成。

"难道通过观察人类和所有的预兆，还不足以发现万物精华吗？"男孩问道。

"你有一种把一切东西都简单化的癖好。"英国人有些恼火地回答，"炼金术是一项严肃的工作，每一个步骤都必须严格地按照师父所教的方法进行。"

男孩在书中看到，元精的液体部分叫作长生不老液，除了能防止炼金术士衰老，还能医治百病；固体部分则叫点金石。

"并非轻而易举就能发现点金石。"英国人说，"炼金术士们在实验室里守候多年，观察冶炼金属的火焰，观察久了，渐渐就把世上所有的虚荣尽皆弃之脑后。于是，有一天，他们发现提炼金属的结果却是净化了他们自身。"

男孩想起了水晶店的老板。老板曾说过，擦拭水晶是件好事，可以使他们摆脱不好的念头。男孩越来越坚信，在日常生活中就能把炼金术学到手。

"另外，点金石有一种迷人的特性。一小片点金石的碎片就能把大量的金属点化成黄金。"英国人说道。

听到这番话，男孩对炼金术产生了极其浓厚的兴趣。他想，只要耐心一点，就能把一切都变成金子。他读到了几位获得成功的炼金术士的传记，比如埃尔维修斯、艾利亚斯、弗尔坎内里、热贝尔等。他们的经历令人着迷：他们都实现了自己的天命。他们云游四方，遇见智者，向怀疑者展示奇迹，获取了点金石和长生不老液。

但是，当男孩想掌握获取元精的方法时，却完全晕头转向了。书中只有一些图案，用密码写的说明，以及晦涩难懂的文章。

"他们为什么把事情搞得这么难懂？"

一天晚上，男孩问英国人。他发现，英国人有点不耐烦，想要回自己的书。

"为的是只让那些有责任心的人读懂它们。"他说，"你想想看，如果所有人都能把铅块变成金子，那么金子很快就会一文不值了。只有那些坚持不懈的人，只有那些不断钻研的人，才能够获取元精。我正是为此才来到这沙漠之中的。我要寻找一位炼金术士，请他帮助我解读那些密码。"

"这些书是什么时候写成的？"男孩问道。

"好多个世纪以前了。"

"那时候还没有印刷术呢。"男孩争辩说，"不可能所有的人都了解炼金术。这种语言为什么这么奇怪，而且满篇充斥着插图呢？"

英国人没有回答男孩的问题，只说几天来他一直注意观察商队，却根本没发现什么新东西，唯一让他挂心的事，就是有关打仗的议论越来越多。

有一天，男孩把书还给了英国人。

"怎么样，你学到很多东西吧？"英国人充满期待地问。他需要跟别人聊聊天，以忘掉对战争的恐惧。

"我知道了世界有灵魂，谁理解了这个灵魂，谁就能理解万物的语言。我知道许多炼金术士实现了他们的天命，并最终发现了世界之魂、点金石和长生不老液。最重要的是，我知道了这些事情都非常简单，简单得可以写在一块翡翠板上。"

英国人大失所望。经年累月的研究、神奇的象征符号、晦涩难懂的文字、实验室里的种种设备，这一切都没有打动男孩。他的灵魂一定是太简单了，理解不了这一切，英国人想。

他拿过自己的书，放进挂在骆驼背上的箱子里。

"你还是去看商队吧。"英国人说道，"商队没有教会我任何东西。"

男孩重新观察着静静的沙漠和牲口扬起的飞沙。每个人都有自己的学习方式，他在心中反复对自己说。他的方式不属于我，我的方式也不属于他。但是我们俩都在追寻各自的天命，为此我尊重他。

商队开始日夜兼程。戴风帽的报信人频繁地出现。已经同男孩成为朋友的那个赶驼人解释说，部族之间的战争已经开始了。他们只有运气极佳才能抵达绿洲。

牲口全都疲惫不堪，人们也变得越来越沉默。一到夜间，寂静变得更加可怕。一声驼鸣，要在过去，是最普通不过的事情，如今却令所有人胆战心惊，因为那很可能是有入侵者来袭的信号。

但是，那位赶驼人似乎对战争的危险并不十分在意。

在一个既没有篝火也没有月亮的夜晚，赶驼人边吃椰枣边对男孩说："我现在活着。当我吃东西时，就只管吃；当我走路时，就只管走。如果必须去打仗，今天死还是明天死对我都一样。

"因为我既不生活在过去，也不生活在未来，我只有现在，它才是我感兴趣的。如果你能永远停留在现在,那你将是最幸福的人。你会发现沙漠里有生命,发现天空中有星星,发现士兵们打仗是因为战争是人类生活的一部分。生活就是一个节日,是一场盛大的庆典。因为生活永远是,也仅仅是我们现在经历的这一刻。"

这之后第三天夜里,男孩入睡前,抬头看了看那颗他们在夜间用来辨别方位的星星。他觉得地平线比以前降低了一点,因为沙漠上空此刻有数百颗星星。

"那就是绿洲了。"赶驼人说。

"我们为什么不马上赶到那里去?"

"因为我们需要睡觉。"

男孩睁开了双眼，太阳在地平线上喷薄欲出。在他面前，昨夜群星闪烁的地方，有一排看不到尽头的椰枣树铺展开去，将面前的沙漠覆盖了。

　　"我们成功了。"英国人说。他也是刚刚醒来。

　　但是，男孩却默默无语。他已学会像沙漠那样保持沉默，只是兴奋地望着面前的椰枣林。他还必须走很多路才能到达金字塔。有朝一日，这个清晨将成为一个回忆，仅此而已。但是现在，清晨是正在经历的这一刻，是那赶驼人所说的节日。他想带着过去的教训和未来的梦想体验这个时刻。有一天，那成千上万棵椰枣树覆盖沙漠的景象将成为回忆。不过，现在这会儿，椰枣树对他来说却意味着阴凉、水源和躲避战火的地方。就如同骆驼的一声嘶鸣可能意味着危险，一排椰枣树也可以标志着一个奇迹。

　　世界会讲许多种语言，男孩想。

日月如梭,商队也穿行如梭,当看到数百人的商队连同牲口来到绿洲的时候,炼金术士不禁想。绿洲里的人跟在刚刚到达的人群后面大呼小叫,扬起的尘土遮蔽了太阳,孩子们见到陌生人,兴奋得又蹦又跳。炼金术士看到部落头领们朝商队首领走过去,双方交谈了很长时间。

但是,炼金术士对这一切不感兴趣。人们来了又去,他见得多了,而绿洲和沙漠却依然如故。他见过国王和乞丐踏上那些沙丘,沙丘随风不断改变形状,但沙子却依旧是他从小就熟悉的沙子。尽管如此,看到脚踏黄沙,头顶蓝天,长途跋涉的旅行者们见到绿色椰枣树时的狂喜,炼金术士内心深处仍不由自主地为他们感到高兴。也许真主创造沙漠的目的,就是为了让人们见到椰枣树的时候能开心地笑,他想。

接着,他决定考虑一下更为实际的事情。他明白,他必须把自己知道的部分秘密传授给那支商队里的一个人，预兆已经向他揭示了这一点。目前他还不知道那个人是谁，但是只要见到那人，他这双经验丰富的眼睛就能辨认出来。但愿那人也像他前一个弟子那么有能力。

我不明白为什么这些事情必须要口耳相传，他想。这不仅仅是因为它们是秘密，真主向来是慷慨地向世人披露秘密的。

对这种现象，他只有一种解释：这些事情必须以这种方式传授，因为它们是由纯粹的生命体构成的，而这类生命体用图画和文字很难捕捉得到。

人们由于迷恋图画和文字，忘记了宇宙的语言。

新来的人很快就被带到了绿洲各部落头领面前。男孩简直无法相信他看到的景象：绿洲根本不像他在一本故事书上读到的那样，只有几棵棕榈树围着一眼水井，而是比好几个西班牙村庄加在一起还要大得多。这里有三百口水井，五万株椰枣树，其间散布着许多五颜六色的帐篷。

"很像《一千零一夜》里的情景。"英国人说。他正迫不及待地要找到那位炼金术士。

他们很快便被一群孩子包围了，孩子们好奇地看着牲口和陌生人。男人们想知道商队是否遇上了战乱，女人们则争着购买商人们带来的布匹和宝石。沙漠的寂静完全被打破。人们不停地说啊，笑啊，喊啊，仿佛刚刚走出一个幽灵世界，重新回到人间，那么幸福和快乐。

那位前一天晚上还小心谨慎的赶驼人对男孩解释说，沙漠中的绿洲向来被视为中立地区，因为绿洲的大部分居民是妇女和儿童。战争的双方都有绿洲，士兵在沙漠中打仗，留下绿洲作为避难所。

商队首领颇费了一番气力才把所有人召集在一起，随后便开始发布指令。他们将在绿洲驻扎下来，直到部落间的战争结束。由于是客人，所以要与绿洲的居民分享帐篷，居民们将把最好的位置留给他们。这是沙漠里的好客原则。接下来头领要求所有人，包括他的贴身卫士，都把武器交给各部落头领指定的人。

"这是战争的规则。"商队首领解释道。因为有规定，所有的绿洲都不可以接纳军队或士兵。

令男孩意想不到的是，英国人竟从外套口袋里掏出了一把镀铬的左轮手枪，交给了前来收缴武器的人。

"你带左轮手枪干吗？"男孩问。

"为了学会信任别人。"英国人回答。现在他很高兴，因为终于来到了他的目的地。

不过，男孩想到的是那笔财宝。离自己的梦想越近，事情就变得越困难。撒冷王口中所谓"新手的运气"不再起作用。男孩明白，现在需要的是毅力和勇气。这对一个追寻天命的人是一种考验。因此，他不能莽撞行事，不能失去耐心。假如做不到这一点，最后他将看不到上帝在他前进的道路上布下的预兆。

上帝在我前进的道路上布下预兆，男孩想，并对自己的想法感到吃惊。在这之前，他一直把预兆视作凡间的事情，就好像吃饭或睡觉之类的事，或者就好像谈情说爱、谋求职位，他从未想过，这是上帝给他指点迷津的方式。

不要失去耐心，男孩想，就像赶驼人所说的，该吃饭时吃饭，该走路时走路。

到达绿洲的第一天，由于疲劳，很多人很快睡着了，英国人也睡了。男孩离英国人住的地方很远，与五个年龄和他相仿的小伙子睡在一个帐篷里。那五个小伙子都是沙漠里的人，很想听听大城市的故事。

男孩谈起了他此前的生活，正讲到在水晶店的经历时，英国人走进了他们的帐篷。

"我找了你整整一个上午。"英国人一边说，一边把男孩拉出帐篷，"我需要你帮我找那个炼金术士的住处。"

一开始，他们想凭自己的力量去找。炼金术士的生活方式应该与绿洲里的其他居民不同。在他的帐篷里，很可能会有一只熊熊燃烧的火炉。他们走了很多地方，到最后不得不承认，绿洲比他们想象中要大得多，足以支好几百顶帐篷。

"我们差不多浪费了一整天。"英国人说着，同男孩在一口水井旁坐下。

"也许，最好的办法是找人打听一下。"男孩说。

英国人不想让别人知道他来绿洲的目的，所以犹豫了半天，不过，最后他还是同意了。他让男孩去打听，因为男孩的阿拉伯语讲得比他好。于是，圣地亚哥便向一个正在井边用羊皮水囊取水的妇女打听。

"下午好，太太。您能告诉我绿洲里的那位炼金术士住在哪儿吗？"男孩问。

那女人声称自己从未听说过什么炼金术士，说完拔腿就走。临走之前，她告诫男孩不要与穿黑衣的女人说话，因为她们都是已婚女人。他必须尊重当地的风俗。

英国人大失所望，生怕他这趟旅行一无所获。男孩也很难过，毕竟他这位同伴也在追寻自己的天命。撒冷王说过，当一个人在追寻自己的天命时，整个宇宙都会合力助他实现愿望。老国王的话不会有错。

"我以前从来没听人谈起过炼金术士。"男孩说，"否则的话，我早就帮你了。"

英国人的眼睛一亮。"这就对了！也许这里没有人知道炼金术士！你去打听一下此处有没有一个能治百病的人。"

又有几个身着黑衣的女人来到井边打水，不管英国人怎么催促，男孩就是不同她们搭话，直到有个男人来到跟前。

"您认识能治百病的人吗？"

"安拉能治百病。"男人回答。看得出来，在外国人面前他有些惊慌。"你们在寻找巫师？"

他念了几句《古兰经》经文，之后便离开了。

不一会儿，一个老人走了过来，手里拎着一只小水桶。男孩问他是否认识能治百病的人。

"你们为什么要找这种人呢？"阿拉伯人用提问代替了回答。

"因为我的朋友为了找他已经奔波了好几个月。"男孩回答。

"如果绿洲里有这么个人，那么他一定有权势。"老人思忖了片刻之后说道，"就连部落的首领们想见到他都很难，除非他自己决定出面。等战争结束后你们就随商队走吧，不要企图深入绿洲的生活。"说完，他扬长而去。

英国人欣喜若狂。他们找到线索了。

之后，走来一位没穿黑衣的少女，肩扛一只陶罐，头戴一方纱巾，脸露在外面。男孩走上前去，向她打听炼金术士的事。

此时，时间仿佛在刹那间停止，世界之魂蓦然出现在圣地亚哥面前。当男孩看见少女那双黑色的眼睛，看见她似笑非笑的面容，似启非启的双唇，他明白了世上最重要和最智慧的表达方式，也就是人类都能理解的语言。这就是所谓的爱情。它比沙漠和人还要长久，无论在什么地方，只要男女四目相对——就像此刻在这眼水井旁边一样，爱情就会以同样的力量爆发出来。少女的嘴角终于浮现出一丝微笑，这是一个预兆，是男孩今生今世在冥冥中苦苦期待的一个预兆，是男孩在羊群、书籍、水晶器皿以及沙漠的寂静中苦苦寻觅的一个预兆。

　　这是世界上最纯正的表达方式，无需解释，就像地球在无限的太空中不停地运行无需任何解释。那一刻，男孩唯一明白的是，他正站在他生命中的女人面前，什么话都不需要说，她肯定也明白这一点。别的事情不好说，但在这件事上，男孩坚信不疑，尽管他的父母以及先辈都说过，必须在恋爱、订婚、相互了解和有了钱之后才可以结婚。说这话的人大概从来不了解宇宙的语言，因为如果掌握了这种语言，很容易就能理解，世上总有人在等待着另外一个人，无论是在大沙漠还是在大城市。当这两个人最终相遇，四目相对的时候，

过去的一切和将来的一切全都变得无足轻重了，只有眼前的
这一刻最重要。还有那不可思议的事实：朗朗乾坤下的一切，
都是由同一只手写就。那是一只唤醒爱情的手，一只为那些
在天底下工作、休息、寻找宝藏的人们造就相同灵魂的手。
假如没有这一切，人类的所有梦想都将失去意义。

"马克图布。"男孩心中默念。

英国人站起来，推了推男孩。"说话呀，问她呀！"

男孩走到少女跟前。她又微笑了一下，男孩也微微一笑。

"你叫什么名字？"他问。

"我叫法蒂玛。"少女两眼看着地面回答。

"我的家乡也有一些女人叫这个名字。"

"这是先知^①女儿的名字。"法蒂玛说，"是士兵们把这个名
字带到了你的家乡。"

柔弱的少女带着骄傲的口吻谈到士兵。英国人在男孩旁
边不停地催促，男孩遂问起绿洲里是否有能治百病的人。

"那个人知道世上所有的秘密，能和沙漠的精灵交谈。"

①指伊斯兰教先知穆罕默德（约570-632）。

少女说。

精灵就是魔鬼。少女用手指了指南边，那里就是那奇怪的人居住的地方。

少女将陶罐装满水后，飘然而去。英国人也走了，去找那位炼金术士了。男孩在井边坐了很久。他明白了，那天地中海东风刮到他脸上的正是那少女的芳香，他明白了早在知道她的存在之前，他已经爱上了她，并且明白了凭他对少女的爱，就能找到世上所有的宝藏。

第二天，男孩又到井边去等那位少女。令他意外的是，他在那儿遇见了英国人。英国人正望着沙漠发呆，男孩第一次看到他这样。

"我从下午等到晚上，直到星星开始眨眼的时候，他才露面。"英国人说，"我对他讲了我的事，他问我是否已经把铅块变成了黄金。我回答说，这正是我想学会的本事。他让我去试一试。他只是对我说：去试试看吧。"

男孩沉默不语。英国人长途跋涉来到此地，听到的却是毫无意义的东西。男孩想起自己送给撒冷王六只羊，也得到一样的结果。

"那就试试吧。"圣地亚哥对英国人说。

"我正要这么做呢。现在就开始。"

英国人刚走一会儿，法蒂玛便拿着陶罐前来汲水了。

"我来这儿就想告诉你一件事，"男孩说，"我想娶你。我爱你。"

少女陶罐里的水洒了出来。

"我每天都会在这里等你。我穿越沙漠来金字塔附近寻找一笔财宝。战争一度是一场灾难，可现在它却成了我的福音，因为是战争使我有机会认识你。"

"迟早有一天，战争会结束。"少女说。

男孩看了看那些椰枣树。他曾经是牧羊人，而绿洲里有许多羊。法蒂玛比宝藏更重要。

"士兵们也在寻找他们的宝藏。"少女仿佛猜到了男孩的想法，说道，"沙漠里的女人为她们的勇士感到骄傲。"

说完，她重新将陶罐装满水，翩然离去。

男孩每天都去井边等候法蒂玛，把自己以前放羊、遇见国王和在水晶店打工的经历全讲给她听。他们成了朋友。一天之中，除去跟法蒂玛一起度过的一刻钟，其余的时间都过得很慢，似乎没有尽头。

在绿洲停留了将近一个月的时候，商队首领召集所有人开了个会。

"不知道战争什么时候结束，所以仍然不能继续我们的行程。"他说，"双方都在为荣誉而战，战斗可能会持续很长时间，也许是很多年。他们都有勇敢而强悍的士兵。这不是一场正义与邪恶的较量，而是双方力量的比拼。这类战争一旦爆发，比其他战争拖延的时间更长，因为安拉既站在这一边，也支持那一方。"

人们四散而去。那天下午，男孩又在井边见到了法蒂玛，并告诉她开会的事。

"咱们俩相识的第二天，你向我表白了你的爱，后来你又告诉我一些美好的事，比如世界之魂和宇宙的语言。这一切使我渐渐依恋上你。"

在男孩听来，她的声音比清风吹拂椰枣树叶还要动听。

"我一直在这井边等待着你。我已经记不得我的过去，记不得传统，记不得沙漠中男人期待女人怎样行事。我从小就梦想着沙漠给我带来生命中最好的礼物。这个礼物终于来了，那就是你。"

男孩想去牵她的手，但是法蒂玛正抓着陶罐耳。

"你对我讲了你做的梦、撒冷王，还有你的宝藏。你对我讲了那些预兆。于是我什么都不担心了，因为正是那些预兆把你带到了我面前。我是你梦的一部分，是你常提到的天命的一部分。所以我希望你继续前行，去追寻你的梦想。如果必须等到战争结束，那就等。但是，如果你想提前启程，那就去追寻天命。沙丘会随风改变形状，但沙漠永远存在。我们的爱情也如此。"

"马克图布。"她最后说，"如果我是你天命的一部分，总有一天你会回来。"

男孩同法蒂玛分手之后，无比郁闷。他想起了他认识的许多人。牧羊人必须到野外去放羊，因此很难让他们的妻子安心。爱情要求相爱的人厮守在一起。

第二天，他把这些想法告诉了法蒂玛。

"沙漠带走我们的男人，并不总是把他们再带回来。"她说，"我们习惯了这种事。那些没回来的男人活在不下雨的云彩里，活在栖身石缝中的动物身上，活在大地慷慨吐出的泉水之中。他们融入万物，变成了世界之魂。

"有些男人回来了。于是所有的女人都非常高兴，因为其他女人等待的男人也有可能在某一天回来。以前我看着那些女人，很羡慕她们幸福的样子。如今我也有了期盼。

"作为沙漠中的女人，我为此而骄傲。希望我的男人像移动沙丘的风一样自由。也希望能在云彩中、动物身上和泉水里看到我的男人。"

男孩去找英国人，想把自己和法蒂玛的事告诉他。当他看到英国人在自己的帐篷边上建了个小炉灶，感到非常意外。那炉灶十分古怪，上面还放着一只透明的玻璃瓶。英国人正一面望着沙漠，一面往炉灶里加木柴。他的眼睛比以前埋头读书的时候明亮多了。

"这是工作的第一阶段。"英国人说，"我必须把硫磺中的杂质分离出去。我不能害怕失败。正是由于害怕失败，我至今都没尝试获取元精。现在，我已经开始做十年前就可以开始做的事情了。但是我很高兴，因为毕竟没等上二十年才做这件事。"

然后，他继续往灶里加木柴，并观望沙漠。男孩在英国人身边待了些时候，直到晚霞把沙漠染成玫瑰色。他产生了一种跑进沙漠的强烈冲动，他想看看寂静能否回答他的问题。

圣地亚哥漫无目的地走了一段时间，椰枣树始终在视野之内。耳朵听着风声，脚下踩着碎石，有时会碰上一片贝壳，于是他知道，在遥远的过去，这沙漠曾是一片大海。后来，他在一块石头上坐下，出神地望着远方的地平线发呆。他无法理解没有占有欲的爱情，然而法蒂玛是沙漠中的女人，如果是有谁教她这么做，那肯定是沙漠。

他就这样坐在那里，什么都不想，直到感觉头顶有什么东西在移动。他朝天上望去，只见两只鹰正在高空翱翔。

男孩开始观察那两只鹰，以及它们在空中画出的轨迹。那些轨迹看上去杂乱无章，但是，对男孩却有着某种意义，只是他还没有弄懂其中的含义。他决定一直观察那两只鹰，或许能看出什么名堂呢。也许沙漠能向他解释那种没有占有欲的爱情。

不久，男孩开始犯困，但他的内心要求他不得入睡：不但不能睡着，而且还要全神贯注。"我正在解读宇宙的语言，地球上的万物都有其意义，就连鹰的飞翔也如是。"他自言自语。深深爱上一个女人实在是件值得庆幸的事。当你恋爱的时候，万物都变得更有意义，他想。

突然，一只鹰飞速俯冲下来，攻击另一只鹰。那一刻，一个突如其来的幻觉在男孩眼前一闪而过：一支剑拔弩张的军队正进入绿洲。那幻觉瞬间便消失了，但是场面却令他震惊。他听别人说起过海市蜃楼，而且也见到过几次，可那都是人们的愿望在沙漠中的体现。然而，他并不希望有军队入侵绿洲。

他想忘掉那幻觉，重新回到原来的思绪。他试图将注意力集中在玫瑰色的沙漠和石头上。但是，他内心深处平静不下来。

"你要永远遵循预兆行事。"撒冷王曾说过。男孩想起了法蒂玛。他回想刚才的幻觉，预感到这件事很快就会发生。

男孩费了很大劲才摆脱惶恐。他站起身，朝椰枣树方向走去。此时他察觉到万物的语言：沙漠是安全之地，绿洲则为险境。

那个赶驼人坐在一棵椰枣树下，观看落日的余晖。他看到男孩从一座沙丘后面走出来。

"有一支军队正往这儿来。"男孩说，"我出现了幻觉。"

"是沙漠使人心里充满幻觉。"赶驼人回答说。

不过，男孩还是对赶驼人讲了那两只鹰的事，说他当时正在观察飞翔的鹰，突然就与世界之魂联通。

赶驼人没出声。他明白男孩所说的话。他知道地球上的任何东西，都能够揭示万物的来龙去脉。翻开一本书的随便哪一页，给人家看手相，玩一副纸牌，观察鸟的飞翔……无论用什么方式，都可以找到与所经历的事情之间的某种联系。

实际上，并不是事物本身在揭示什么，而是观察事物的人发现了探究世界之魂的方法。

沙漠里到处都有以此为生的人，他们能轻而易举地探摸到世界之魂。他们以擅长占卜而著称，令妇女和老人敬畏。士兵们很少找他们问卦，因为一旦知道了何时将死，就不能再去作战了，他们宁肯体验拼杀的滋味和生死难卜的刺激。未来已由安拉写就，不管安拉写的是什么，总是对人类有益的。所以，士兵们只为现在活着，现在充斥着种种意外。为了保全性命，他们必须注意：敌方剑指何处，纵马何方，下一次可能会打向哪里……

赶驼人不是士兵，故而请教过一些占卜师。很多人的预言是准确的，也有一些人的预言是错误的。有一天，一位最年长的（也是最令人敬畏的）占卜师问赶驼人，为什么对预知未来那么感兴趣。

"为了采取行动。"赶驼人回答，"避免我不喜欢的事发生。"

"那么，它就不再是你的未来了。"占卜师说道。

"我想知道未来，一部分原因是想为将要发生的事作准备。"

"如果是好事，那将是一个意外的惊喜；如果是坏事，在它发生之前，你就要受很多苦。"

"好吧，之所以想知道未来，因为我是个人。"赶驼人对占卜师说，"而人全靠对未来的希望活着。"

占卜师沉默了半晌。他是个掷签占卜的行家，签子掷在地上，根据落地的方式作出解释。这天他没有掷那些签，而是将签子用手帕包起来，装进了衣袋里。

"我靠给人家预测未来为生。"他说，"我熟悉掷签的门道，知道如何运用它探知一切均已写就的未来空间。在那里，我能够阅读过去，发现已被遗忘的东西，并理解当前的预兆。当人们来找我占卜的时候，我不是阅读未来，而是卜算未来。因为未来属于真主管辖，只有在特殊情况下，他才会揭示。我卜算未来的方式，是通过当前的预兆。秘密就在当前。如果关注现在，你就能改善它。如果改善了现在，那么，将来也会变得更好。忘掉未来吧，你要按照教义过好每一天，相信真主会护佑他的子民。每一天里都蕴含着永恒。"

赶驼人想知道真主在什么情况下允许人们看到未来。

"真主极少揭示未来，他想揭示未来的时候，才会行动，而理由只有一个：那是个注定要被改变的未来。"

真主已经向男孩揭示了一种未来，赶驼人想，因为真主想让男孩做他的工具。

"你去跟部落的头领们谈谈。"赶驼人说,"告诉他们有军队开来。"

"他们会嘲笑我。"

"他们是沙漠里的人,沙漠里的人习惯了各种预兆。"

"那么,他们可能已经知道了。"

"他们不关心预兆。他们相信,如果安拉想告诉他们什么,他们又必须得知道,那么就会有人讲给他们听。这种事以前发生过好多次了。不过,今天要告诉他们的人是你。"

男孩想起了法蒂玛。于是,他决定去见部落的头领们。

"我带来了沙漠的预兆。"圣地亚哥对站在绿洲中心白色大帐篷门口的卫兵说道，"我要见你们的头领。"

卫兵没说话，转身走进帐篷，久久没有出来。后来，他和一个年轻的阿拉伯人走了出来。那年轻人身着一袭白色镶黄边的长袍。男孩告诉他自己看到的幻象。年轻人要他稍候，便返回帐篷。

夜幕降临。有几个阿拉伯人和商队的人进出帐篷。渐渐地，篝火熄灭了。绿洲变得像沙漠一样寂静无声，只有大帐篷里仍旧灯火通明。在这段漫长的时间里，圣地亚哥一直想着法蒂玛，他还是无法理解那天下午他们的谈话。

等待许久之后，卫兵终于把男孩叫进帐篷。

眼前的景象令圣地亚哥惊叹不已。他简直想不到，在沙漠中还会有这样的帐篷。地上铺着他从未踏足过的漂亮地毯，帐篷顶部垂下黄金打造的枝形吊灯，上面点满了蜡烛。部落头领们围成半圆坐在帐篷深处，身子靠在绣着精美图案的丝绸垫子上。仆人们进进出出，手上端着盛满茶水和香料的银托盘。有人负责往水烟袋里添加炭火。一股淡淡的烟草香味飘散在空中。

头领有八位，圣地亚哥很快就看出哪个最重要：那位坐在正中央，身着白色镶黄边长袍的阿拉伯人。他身边坐着那个曾和男孩交谈过的阿拉伯青年。

"谁是那个谈论预兆的外国人？"一个头领两眼盯着男孩问道。

"我就是。"圣地亚哥回答，接着讲了他看到的幻象。

"沙漠知道我们好几代人都生活在这里，为什么要把这种事告诉一个外来人呢？"另一个头领问。

"因为我对沙漠还没习以为常。"男孩回答，"对沙漠熟视无睹的人眼里看不到的东西，我却能够看到。"

还因为我了解世界之魂，男孩心中暗想，但他没说出口，因为阿拉伯人不相信这类事情。

"绿洲是中立地区，没人会攻击一块绿洲。"又有一个头领说。

"我只是把我看到的东西讲出来。如果你们不相信，可以不必理会。"

帐篷里一片静默，随后，部落头领们热烈地讨论起来。他们讲的是一种阿拉伯方言，圣地亚哥根本听不懂。可当他提出要离开的时候，一名卫兵让他留下来。男孩开始担心。预兆告诉他，事情不对头了。他后悔了，不该跟赶驼人讲这件事。

忽然，圣地亚哥看到坐在中间的那位老人露出一丝不易察觉的微笑，他平静下来。老人没有参与刚才的讨论，到现在也没有开口。但是，男孩早已熟悉宇宙的语言，他能感觉到一种和平的气氛笼罩了整座帐篷。直觉告诉他，他来对了。

讨论结束了。大家静下来，听老人说话。过了一会儿，老人转向圣地亚哥，表情变得严峻而冷漠。

"两千年以前，在一个遥远的地方，有一个相信梦的人被投入井内，后来被卖去做奴隶。"老人说，"我们的商队买下了他，并带回埃及。我们这儿的人都知道，相信梦的人也会解梦。"

但并不是所有的梦都能解开，男孩心想，他想起了那个吉卜赛老妇人。

"法老梦到了瘦弱的牛和肥胖的牛，这个人帮法老解梦，使埃及避免了饥荒。他的名字叫约瑟，和你一样，也是个外国人，年龄也与你相仿。"

人们继续沉默，老人的目光一直十分严厉。

"我们一向恪守传统。当初传统把埃及从饥荒中解救出来，并使它成为最富有的国家。传统教给人们怎样穿越沙漠，怎样嫁女儿。传统告诉我们，绿洲要保持中立，因为交战双方都有绿洲，而且很容易被攻破。"

老人说话的时候，所有人都一声不吭。

"但是，传统也告诉我们，要相信沙漠发出的信息。我们掌握的所有知识都是沙漠所教。"

老人做了个手势，所有的阿拉伯人都站起身来。会议要结束了。所有的水烟袋都熄灭了，卫兵们作出立正姿势。男孩也准备离开了，然而老人又开口说起来。

"明天我们将打破在绿洲任何人都不准携带武器的规定。白天作好迎击敌人的准备，日落之后，所有人都要把武器再交回来。每消灭十个敌人，你就能得到一枚金币。但是，武器一旦拿出去，就得用于战斗。武器和沙漠一样变化无常，如果让武器习惯了不用于战斗，下一次它们就懒得发射子弹。如果明天所有的武器都没有机会发射子弹，那么至少会有一种武器朝你身上发射。"

圣地亚哥离开帐篷的时候，一轮满月正映照着绿洲。赶回自己的帐篷要二十分钟，男孩迈开脚步向前走去。

　　之前发生的一切令他感到惶恐。他探摸到了世界之魂。为了使人相信这件事，他竟然要以生命为代价。这赌注的风险太高了。不过，从卖掉羊群，追寻天命的那一天开始，他就已经投下了风险极高的赌注。正如那赶驼人所说，今天死还是明天死全都一样。每一天的开始，都是为了让人活着或者辞世。一切都取决于一个词——"马克图布"。

　　男孩默默地走着。他并不后悔。如果明天死去，那一定是因为上帝不愿改变未来。即便如此，他也是在横渡了海峡，在水晶店打过工，了解了沙漠的寂静，看到了法蒂玛的那双眼睛之后才死去的。自从离开家乡，他每一天都过得很充实。如果明天死去，他亲眼见过的事物也比其他牧羊人见过的多得多。为此，他深感自豪。

突然，传来一声巨响，圣地亚哥被一阵罕见的狂风猛地掀翻在地。四周尘土飞扬，星月黯淡。在他面前，一匹高大的白马正扬起前蹄，发出骇人的嘶鸣。

男孩一时看不清发生的事情，但当尘埃稍稍落定之后，他感到了一种前所未有的恐惧。马背上坐着一个身穿黑衣的骑士，左肩一只猎鹰，额上缠着头巾，黑布遮面，只露出两只眼睛，看上去颇像沙漠里传递消息的信使，身材比男孩这辈子见过的任何人都强壮。

神秘骑士抽出拴在马鞍上的一把巨大弯刀，刀刃在月光下闪着寒光。

"什么人竟敢解读鹰翔的寓意？"那骑士问道，声如龙吟，在法尤姆绿洲的五万棵椰枣树中回响。

"是我。"男孩说。他突然想起圣地亚哥·马塔莫罗斯的雕像：骑着白马，马蹄下匍匐着一群异教徒。那场景与眼前情况如出一辙，只是双方情势颠倒了过来。

"是我。"男孩又说了一遍，并低下头，等着那弯刀斩落下来，"许多生命终将得救，因为世界之魂不在你们一边。"

然而，弯刀并没有快速斩落下来。那神秘骑士的手缓缓落下，刀尖触到男孩的额头。刀尖无比锋利，鲜血流了出来。

骑士一动不动，停在那里。男孩亦如此。他丝毫没有动过逃跑的念头，相反，他内心深处涌起一种罕见的快意，流遍全身。他将为完成天命而死，将为法蒂玛而死。不管怎么说，预兆是真实的。敌人就在这里，正是由于如此，他才无需担心死去，因为有世界之魂。不用多久，他将成为世界之魂的一部分。明天，敌人也将成为世界之魂的一部分。

　　但是，那神秘骑士仅仅用刀尖抵在他的额头上。

　　"你为什么解读飞鹰的寓意？"

　　"我只是解读了鹰想告诉我的东西。它们想解救绿洲，你们将必死无疑。绿洲居民比你们的人多。"

　　弯刀仍旧抵在圣地亚哥的额头上。

　　"你是什么人，竟想改变安拉的安排？"

　　"安拉创造了军队，也创造了飞鸟。安拉向我展示了飞鸟的语言。所有的这一切都由同一只手写就。"男孩说着，想起了赶驼人的话。

　　神秘骑士终于把弯刀收回去了。圣地亚哥觉得轻松了些。但是，他不能逃跑。

　　"小心你的猜测。"神秘骑士说道，"命中注定的事情，是无法改变的。"

　　"我只看见一支军队，并没有看到战斗的结果。"

骑士似乎对这一回答感到满意，但他仍紧握弯刀。

"你一个外国人在异国的土地上干什么？"

"追寻我的天命。这是你永远都弄不懂的事情。"

骑士将弯刀入鞘，肩头的猎鹰怪叫了一声。男孩放心了。

"我必须试一试你的勇气。"神秘骑士说道，"对于寻求宇宙语言的人，勇气是最重要的素质。"

男孩感到吃惊。这个人所说的事很少有人知道。

"你必须永不松懈，哪怕已经走了很远的路。"骑士继续说，"你必须热爱沙漠，但是绝不要完全相信沙漠。因为沙漠对所有人都是一个考验：考验你迈出的每一步，杀死心猿意马的人。"

神秘骑士的话让男孩联想起撒冷王。

"如果敌军到来，而日落之后你的脑袋仍留在脖子上，就来找我吧。"神秘骑士说。

他先前攥着弯刀的那只手，此刻握着一条马鞭。白马再次直起身子，扬起一片尘雾。

"你住在哪儿？"男孩高声喊道。已打马远去的骑士扬起马鞭指了指南方。

男孩见到的，正是炼金术士。

第二天早晨，法尤姆绿洲的椰枣林中埋伏了两千名武装起来的男人。日上三竿之时，五百名骑兵出现在地平线上。他们从绿洲北面开来，表面上是和平进军，但在白色披风下隐藏着武器。当他们靠近法尤姆绿洲中心的大帐篷时，便抽出弯刀和长枪，向那座空帐篷发起攻击。

绿洲的人包围了入侵的沙漠骑兵。不到半个时辰，四百九十九个骑兵便尸横遍野，命丧黄泉。孩子们待在树林的另一边，什么都没看见。女人们在帐篷里为丈夫祈祷，也什么都没看见。如果不是那些横七竖八的尸体，绿洲和往日一样平静。

只有一人逃过一劫，他就是那支队伍的指挥官。下午，他被带到部落头领面前。头领们质问他为什么破坏传统。那名指挥官说，他们的人又饥又渴，旷日持久的战斗搞得他们疲惫不堪，于是决定攻占一块绿地，以便重整旗鼓。

部落的最高头领说，他为那些死去的士兵感到痛心，但是传统绝不能随意改变。沙漠里唯一能够改变的就是随风易形的沙丘。

　　然后，他宣布对那位指挥官执行死刑。既不用刀，也不用枪，他被绞死在一棵已经枯掉的椰枣树上，尸体被沙漠的风吹得晃来荡去。

　　最高头领把圣地亚哥叫到跟前，给了他五十枚金币。之后，他再次提起约瑟在埃及的经历，并请圣地亚哥做绿洲的顾问。

太阳完全坠落下去，点点星光开始闪烁。（不十分明亮，因为仍是个月圆之夜。）此时，圣地亚哥向南走去。绿洲南端仅有一顶帐篷，几个路过的阿拉伯人说，那里到处是鬼怪精灵，但男孩还是坐下来，等了很长时间。

　　月上中天之时，炼金术士翩然而至，肩头搭着两只死去的鹰。

　　"我在这儿。"男孩说。

　　"你不该在这儿。"炼金术士回答，"难道你的天命就是要到这里来吗？"

　　"部落之间发生了一场战争。已经不可能穿越沙漠了。"

　　炼金术士翻身下马，挥手让男孩随他进帐。那帐篷与男孩在绿洲见过的其他帐篷别无二致。当然，绿洲中心的大帐篷除外，那里像神话故事里讲的那么华丽。男孩的视线搜寻着冶炼金属的用具和炉灶，但什么也没找到。只有几本书立在那里，还有一只做饭的炉子、布满神秘图案的地毯。

"请坐，我去沏茶。"炼金术士说，"咱们一起把这两只鹰吃掉。"

男孩怀疑这鹰就是他前一天看到的那两只，但是他没说话。炼金术士点燃炉火，很快，帐篷里就飘满了肉香，比水烟袋的香味好闻多了。

"您为什么要见我？"男孩问。

"因为有预兆。"炼金术士回答，"风告诉我你要来，并需要帮助。"

"需要帮助的不是我，是另外一个异乡人，那个英国人，他正在找您。"

"在找到我之前，他还必须先找到其他一些东西。不过他已经走在正确的道路上了。他开始观察沙漠了。"

"那我呢？"

"当你想要某种东西时，整个宇宙会合力助你实现愿望。"炼金术士说道，他重复的是老撒冷王的话。男孩明白了，另一个人出现在他人生的路途上，来引导他达成自己的天命。

"那么，您将教导我吗？"

"不，自己需要的一切，你都很清楚了，我只不过是促使你继续前去寻找宝藏。"

"部落之间发生了一场战争。"男孩又说了一遍。

"我了解沙漠。"

"我已经找到宝藏了。我有一头骆驼，有在水晶店挣到的钱，还有在这里得到的五十枚金币。在我的家乡，我可以算富翁了。"

"不过这其中没有一样来自金字塔。"炼金术士说。

"我有法蒂玛。她比我得来的一切财宝都更为宝贵。"

"她也不是来自金字塔。"

他们默默地吃完了鹰肉。炼金术士打开一个瓶子，往男孩的杯子里倒了点红色液体。是葡萄酒。这是男孩有生以来喝过的最香醇的美酒。可这里是禁止喝酒的。

"入口的东西并不邪恶。"炼金术士说，"邪恶的是从口里出来的东西。"

美酒下肚，男孩开始飘飘然起来。但炼金术士令他生畏。他们坐在帐篷近旁，望着群星衬托下的一轮明月。

"喝吧，放松一下。"炼金术士说道，发现男孩越来越轻松愉快了。"就像士兵作战之前总要休整一下，你也休整休整。但是不要忘记，你的心到哪儿，你的宝藏就在哪儿。你必须找到你的宝藏，否则你在途中发现的一切便全都失去了意义。

"明天卖掉你的骆驼，去买一匹马。骆驼令人看不透，它们就是走成千上万里，也不会露出疲惫之态，但突然之间就会跪倒在地，力竭而死。马则会逐渐显露疲劳，你随时会知道还能让它走多远，或者它会在何时死去。"

第二天晚上，圣地亚哥牵着一匹马来到炼金术士的帐篷前。等了一会儿，炼金术士便出现了，他骑在马上，左肩停着那只猎鹰。

　　"请把沙漠里的生命指给我看。"炼金术士说，"只有发现生命的人，才能找到宝藏。"

　　两个人头顶明亮的月光，向着沙漠走去。

　　不知道我能不能在沙漠里找到生命，男孩暗自思忖，我还不熟悉沙漠呢。

　　他本想把自己的想法告诉炼金术士，可他对炼金术士心存忌惮。他们来到一片石滩地，男孩就是在这里看到在天空盘旋的那两只鹰的。此刻，四周一片静寂，只有风声依旧。

　　"我找不到沙漠里的生命。"男孩说道，"我知道存在着生命，但我却找不到。"

"生命吸引生命。"炼金术士回答。

男孩明白了。他立刻松开马缰绳，马儿在沙石地上自由自在地向前走去。炼金术士一声不响地跟在后面。男孩的马走了差不多半个小时，他们已经看不到绿洲的椰枣树了，只有当空一轮硕大的明月和一地银光闪闪的岩石。突然，在一处从未到过的地方，男孩发现自己的马停住了脚步。

"这里有生命。"男孩对炼金术士说，"我不了解沙漠的语言，但我的马熟悉生命的语言。"

他们翻身下马。炼金术士一言不发，一边观察岩石，一边徐缓前行。猛然间，他停住脚步，小心翼翼地弯下腰去。地上的乱石当中有一个洞。炼金术士将手伸进洞中，随后将整条胳膊都探了进去。洞里有东西在动。男孩只能看见炼金术士的眼睛由于用力和紧张，眯成了一条缝。他的胳膊似乎在同洞里的东西搏斗。然后，炼金术士猛地一跳，抽出胳膊，手中抓着一条蛇的尾巴，然后将整条蛇拖了出来。

男孩吃惊得往后跳开。那条蛇不停地挣扎，发出咝咝的声响，打破了沙漠的寂静。是条眼镜蛇，其毒液能在短短几分钟内致人死命。

"小心毒液。"男孩说道。炼金术士刚才把手伸进洞里，大概已经被咬了，可他的脸色却很平静。"炼金术士有两百岁了。"英国人曾说过。他应该知道怎样对付沙漠里的蛇。

男孩见炼金术士走到马跟前，抽出那把弯月形长刀，在地上画了一个圆圈，将那条毒蛇放进圈中。蛇立刻就安静下来。

"你可以放心了。"炼金术士说，"它不会出这个圈。你已经发现了沙漠里的生命，发现了我需要的预兆。"

"为什么这一点那么重要呢？"

"因为金字塔被沙漠包围着。"

男孩不愿听人谈到金字塔。从昨天晚上开始，他的心情就变得异常沉重和伤感。如果要继续寻找宝藏，就意味着必须抛下法蒂玛。

"我将引领你穿行沙漠。"炼金术士说。

"我想留在绿洲。"男孩回答，"我已经找到了法蒂玛，对我来说，她比财宝更珍贵。"

"法蒂玛是沙漠中的女人。"炼金术士说，"她明白，男人走出去，为的是能够回来。她已经找到了她的宝藏，也就是你。现在，她期盼着你找到你要寻找的东西。"

"如果我决定留下呢？"

"你将是绿洲的顾问。你会有足够的黄金去购买很多羊和很多骆驼。你会跟法蒂玛结婚，而且第一年你们会生活得很幸福。你将会热爱沙漠，将对那五万棵椰枣树中的每一棵都了如指掌。你会观察到它们如何生长，如何展示出一个不断变化的世界。你还会明白越来越多的预兆，因为沙漠是所有老师中最好的一个。

"第二年你会记起那一批财宝。预兆开始不断地提示你这一点，而你则极力对那些预兆视而不见。你只运用你的知识去为绿洲和绿洲居民谋福。部落头领们会因此而感激你。你的骆驼将为你带来财富和权力。

"第三年，预兆会继续向你提示你那财宝和你的天命。你会整夜整夜地在绿洲踱来踱去，而法蒂玛将成为一个忧伤的女人，因为是她使你中断了前进的道路。但是你还会爱她，她也爱你。你会回想起她从未要求你留下，因为一个沙漠中的女人知道，应该等待她的男人。所以，你不会怪罪她。但是，你会有许多个夜晚在沙漠里和椰枣树间徘徊，思考着也许当初应该继续前行，并更加相信自己对法蒂玛的爱。因为促使你留在绿洲的原因，是你害怕自己再也不会回来。到这时，预兆将告诉你，你的财宝将永远被埋在地下。

"第四年，预兆将会放弃你，因为你不再理会它们。部落头领们将会明白这一点，而你的顾问一职将被解除。到那时，你将成为富商，拥有很多骆驼和货物。但是，你的余生都将在沙漠和椰枣树之间游荡，你明白自己没有完成天命，那时再想去做，已经为时晚矣。

"你将永远不明白，爱情从来不会阻止一个男人去追寻天命。如果会阻止，一定因为那不是真正的爱情，不是用宇宙语言表达的爱情。"

炼金术士将地上的圆圈抹掉，那条蛇便飞快地爬走，消失在乱石之中。圣地亚哥想起了那个一直向往去麦加朝圣的水晶店老板和寻找炼金术士的英国人。男孩想起了法蒂玛，她相信沙漠，于是有一天，沙漠就给她带来了她心目中的爱人。

他们跨上马背，这一次男孩走在炼金术士后面。风儿带来了绿洲的喧闹声，他想辨别出法蒂玛的声音。那天发生了战斗，所以他没有到井边去。

这天晚上，他们看着圆圈中的毒蛇时，那位肩头停着猎鹰的神秘骑士谈到了爱情、财宝、沙漠的女人和他的天命。

"我跟你走。"男孩说完，内心立刻平静下来。

炼金术士只说了一句话：

"明天太阳出来之前，我们就动身。"

圣地亚哥一夜未眠。再过两个小时天就亮了，他叫醒睡在他帐篷里的一个阿拉伯小男孩，请他带路去法蒂玛住的地方。他们一起走出帐篷，来到法蒂玛的帐篷前。作为回报，他给了小男孩能买一只羊的钱。

　　然后，他请小男孩叫醒法蒂玛，并告诉她说他正在等她。小男孩照他的话做了，并为此得到了能再买一只羊的钱。

　　"现在让我和法蒂玛单独待会儿。"圣地亚哥在等待法蒂玛的时候，对阿拉伯小男孩说，小男孩便回自己的帐篷睡觉去了，他为帮助了绿洲顾问而自豪，也为得到买羊的钱而高兴。

　　法蒂玛出现在帐篷门口。两个人走进了椰枣树林。他知道这是违背传统的，但眼下顾不上那么多了。

　　"我要走了。"他说，"我想让你知道，我会回来的。我爱你，因为——"

"别说了。"法蒂玛打断他，"因为相爱，所以相爱，爱是不需要任何理由的。"

但是，男孩继续说道："我爱你是因为我做过一个梦，遇到过一位王，卖过水晶，穿越过沙漠，遇到部落之间发生战争，我还在一口井边打听过一位炼金术士。我爱你是因为整个宇宙都合力助我来到你的身边。"

两个人拥抱在了一起。这是他们第一次有身体接触。

"我一定会回来。"男孩又说了一遍。

"过去，我是抱着幻想看沙漠。"法蒂玛说道，"现在我是抱着期望看沙漠。我父亲曾经离开过，但是有一天他又回到了母亲身边，而且以后从未再离开。"

他们没再多说什么。两个人在椰枣树林里又走了一会儿，然后，男孩把法蒂玛送到帐篷门口。

"我会像你父亲回到你母亲身边那样回来。"男孩说。

他发现法蒂玛的眼里噙满了泪水。

"你哭了？"

"我是沙漠中的女人。"她说，将脸扭到一边，"但我毕竟是个女人。"

法蒂玛走进了帐篷。

不一会儿，太阳便露出了笑脸。白天到来时，她将走出帐篷，去做多年来她一直做的事，然而一切都已改变。男孩已经不在绿洲了，绿洲也不再有以前具有的意义，不再是拥有五万棵椰枣树和三百眼水井，令长途跋涉到达这里的朝圣者们兴高采烈的地方。从这一天起，在法蒂玛眼中，绿洲成为一块不毛之地。从这一天起，沙漠变得更加重要。她将一直观望着它，努力弄清男孩在寻宝路上追随的是哪颗星星。她将委托风儿捎去她的亲吻，期待着风儿吹拂男孩的脸庞，并告诉男孩她还活着，正等待着他归来，就像任何一个正等待着勇敢地去寻找梦想和财宝的男人的女子一样。从这一天开始，沙漠只意味着男孩归来的希望。

"不要再想过去的事情了。"当他们在沙漠中策马前行的时候，炼金术士说道，"一切都已铭刻在世界之魂上，并将永世长存。"

　　"人们更多的是梦想归来，而不是离去。"圣地亚哥说道，他已经重新习惯了沙漠的寂静。

　　"如果你碰到的是用纯净物质制成的东西，它将永远不会腐朽，而你总有一天会回来。如果你碰到的仅仅是像行星爆炸那样一闪即逝的东西，那么返回的时候你将两手空空。不过你毕竟还是见到了爆炸时的光芒，仅凭这一点也值了。"

　　他讲的是炼金术的术语，但是男孩明白他指的是法蒂玛。

　　不去想过去发生的事情是很难做到的。沙漠的景色几乎一成不变，往往使人浮想联翩。男孩仍然看得到那些椰枣树、那些水井，以及心爱女人的脸庞。他看得到正在做实验的英国人，还有那个不知道自己是老师的赶驼人。也许炼金术士从来没有恋爱过，男孩心想。

炼金术士骑着马走在他前面，肩头站着猎鹰。猎鹰非常熟悉沙漠的语言，每当他们停下来的时候，它就离开炼金术士的肩头，飞出去寻找食物。第一天，猎鹰带回来一只野兔，第二天，带回来两只鸟。

夜晚，他们便铺开毛毯，并不点篝火。沙漠的夜晚十分寒冷，月亮缩小了，天空随之变得更加黑暗。他们默默地走了一个星期，其间只交谈了几次，都是关于小心避开部落战争这个必要的话题。战争仍在继续，有时风会带来甜丝丝的血腥味儿，表明附近曾发生过一场激烈的战斗。风让男孩想起，曾经有预兆显现，预兆总会把男孩的眼睛看不到的东西随时揭示出来。

第七天傍晚，炼金术士决定改变以往的习惯，早一点安排住宿。猎鹰飞出去寻找猎物了，炼金术士取出旅行水壶递给男孩。

"现在你就要到达这次旅行的终点了。"炼金术士说，"祝贺你追随了自己的天命。"

"您一直默默地为我引路。"男孩说，"我以为您会把掌握的本领教给我呢。前些时候，我曾和一个带着炼金术书籍的人相处过，但是没能学到什么。"

"要想学到本事，只有一种方式，"炼金术士回答说，"那就是行动。你需要学会的一切，这次旅行都教给你了。只缺少一样。"

男孩想知道是什么，可炼金术士的眼睛却盯着地平线，等待猎鹰回来。

"为什么人们叫您炼金术士？"

"因为我就是炼金术士。"

"别的炼金术士也在冶炼黄金，都不成功，他们到底错在哪儿？"

"他们一门心思追求黄金，寻求天命中的财宝，却不愿履行自己的天命。"炼金术士回答。

"我还有什么需要学的东西？"男孩追问。

但炼金术士仍旧凝视着地平线。过了一段时间，猎鹰带着食物回来了。他们挖了一个洞，在洞中点上火，为的是不让任何人看见火光。

"由于我是炼金术士，所以我是炼金术士。"做饭的时候，炼金术士说道，"我从我祖父那里学会炼金术，我祖父是从他祖父那里学会的，这样可以一直追溯到创世之初。当时，炼金术的全部知识可以写在一块普通的翡翠板上。但是人们根本不重视普通的事物，便开始著书立说，作出诠释，并进行哲学研究。他们还宣称自己比别人更通晓此道。但是那块翡翠板一直保存至今。"

"翡翠板上写的是什么？"男孩很想知道。

炼金术士开始在沙地上画起来，画了接近五分钟。在他画的过程中，男孩回想起老撒冷王和那天他们相遇的广场。这件事似乎已经过去很久很久了。

"这就是写在翡翠板上的东西。"炼金术士写完之后说。

"这是一种密码。"男孩说，他有些失望，"跟英国人书上的东西很像。"

"不对。"炼金术士反驳说，"这就像鹰的飞翔，不能简单地用理智去解释。翡翠板是通往世界之魂的直接途径。人间只不过是天堂的映像和复制品。世界的存在本身，只是证明还存在着一个比它更完美的世界。上帝创造世界，是为了让人们通过可见的事物理解他的教诲，以及他智慧的神奇之处。我把这称之为行动。"

"我应该理解翡翠板的内容吗？"男孩问。

"也许吧。假如你正在一间炼金术实验室里，现在就是你研究的最佳时机，你将会找到理解翡翠板的最好方法。然而此刻你在沙漠里，因此你要潜心于沙漠之中。沙漠和世上其他东西一样，可以用来理解世界。你甚至不必理解沙漠，只要观察普通的沙粒就行，从中可以看到天地万物的神奇之处。"

"怎样才能潜心于沙漠之中呢？"

"倾听你的心声。心了解所有事物，因为心来自世界之魂，并且总有一天会返回那里。"

他们又默默地走了两天。炼金术士现在更加小心谨慎了，因为他们已经接近了战斗最惨烈的地区。而圣地亚哥则一直努力，试图倾听自己的心声。

　　这是一颗很难对付的心。过去它习惯于不断地上路，现在又千方百计要回归。有时候，他的心长时间地倾诉离愁别绪，有时候，又为沙漠的日出激动不已，让男孩暗暗落泪。当说起财宝时，心跳会加快，当望着沙漠广袤无际的地平线出神时，心跳就会放缓。但它永远平静不下来，即便男孩不和炼金术士讲话，心照样不会平静。

　　"为什么我们必须倾听心声？"一天他们宿营的时候，男孩问道。

　　"因为心在哪儿，你的财宝就在哪儿。"

　　"我的心很不安分。"男孩说，"它会梦想，容易激动，还

162

狂热地爱上了一个沙漠女人。当我思念她的时候，心就向我提很多要求，搞得我整夜整夜不能入睡。"

"这很好。说明你的心很活跃。你要继续倾听你的心声，看它说些什么。"

在接下来的三天，他们两人在路上遇到了几名士兵，还看到地平线上士兵的身影。男孩的心开始讲述恐惧的事情。它倾吐从世界之魂那里听来的故事：有人前去寻找财宝，却从来没有找到。有时候，心吓唬男孩，使他认为有可能找不到财宝，或者有可能死在沙漠里。也有的时候，心对男孩说，它已经很满意了，已经找到了爱情和诸多金币。

"我的心非常叛逆。"当两人停下来，让马匹歇歇脚的时候，男孩对炼金术士说，"它不愿让我继续前行。"

"这很好。"炼金术士回答，"这证明你的心很活跃。为一个梦想而失去已经到手的一切，有点担心也情有可原。"

"那么，我为什么要倾听自己的心声呢？"

"因为你永远不能让它沉默。即使你佯装不听它的话，它还是会在你的胸膛里，反复倾诉它对生活和世界的看法。"

"即使它违背我的意志？"

"违背意志是你不希望受到打击。如果你对自己的心非常了解，它就永远打击不到你。因为你将了解它的梦想和愿望，并知道怎样应对。谁也不能逃避自己的心，所以最好倾听心在说什么。只有这样，你才永远不会遭受意外的打击。"

　　他们在沙漠中赶路的时候，圣地亚哥继续倾听自己的心声。他早已熟悉心所耍的手腕和种种花招，并接受了它的表现。于是，男孩不再害怕，并放弃了返回绿洲的打算，因为有一天下午，他的心告诉他，它非常满意。"即便我有点抱怨，"他的心说道，"也是因为我是人类的一颗心，人心全都如此。它们害怕实现更大的梦想，认为自己不配有这样的梦想，或者无法实现这样的梦想。一想到爱情去而不返，本该美好的时刻却并非如此，本该发现的财宝却永埋沙下，我们的心就害怕得要命。因为一旦这种情况发生，我们将会痛苦异常。"

　　"我的心害怕遭受痛苦。"当他们在一个没有月亮的晚上仰望天空时，男孩对炼金术士说道。

　　"你告诉它，害怕遭受痛苦比遭受痛苦本身还要糟糕。还要告诉它，没有一颗心在追求梦想的时候感到痛苦，因为追寻过程的每一刻，都与上帝和永恒同在。"

　　"追寻梦想的每一刻，都与上帝和永恒同在。"男孩对自己的心说道，"在寻找财宝的过程中，每一天都充满光明。因为我明白，每时每刻都在实现梦想。在寻找财宝的路途中，我发现了过去做梦都想不到的东西，都是牧羊人不可能知道的。如果当初我没有勇气去尝试，绝没有现在的发现。"

圣地亚哥的心安静了整整一个下午。夜里，他睡得很安稳。醒来时，他的心开始对他倾诉有关世界之魂的事情，说所有幸福的人都是心中存有上帝的人。正如炼金术士所讲，幸福可以在沙漠里的一粒普通沙子上找到，因为一粒沙子也需要创造。宇宙要耗费亿万年时间才能创造一粒沙子。"世上每个人都有一份等待他去发掘的宝藏。"他的心说道，"而我们心，往往很少提及那些财宝，因为人们已不再想要找到它们。我们只对孩子谈及财宝，然后让生命将每个人纳入其天命的轨道。然而，遗憾的是，很少有人沿着预定的道路，也就是通往天命之路、通往幸福之路前进。人们把世界看作一个威胁，正因如此，世界才变成了一个威胁。于是，我们心发出的声音越来越微弱，但我们绝不会住口。我们退让，不再让人们听到我们的话语，因为我们不愿让人们由于不服从心声而遭受痛苦。"

"为什么心不告诉人们，他们应该追寻自己的梦想呢？"男孩问炼金术士。

"因为这样一来，心将会忍受更大的痛苦，而它不喜欢忍受痛苦。"

从那一天开始，男孩理解了自己的心。他请求心永远不要离开他，他还请求，在他远离了自己的梦想时，心要在胸膛里加快跳动，发出报警信号。男孩发誓，一旦他听到这个信号，就立刻遵从行事。

那天夜里，他同炼金术士谈到了这一切。炼金术士明白，男孩的心已经返回了世界之魂。

"目前我该怎么做？"男孩问。

"继续朝金字塔前进。"炼金术士说道，"而且要继续留意所有预兆。你的心已经能够为你指出藏宝之地了。"

"这就是我需要知道的吗？"

"不。"炼金术士回答，"你需要知道的事情是：在实现一个梦想之前，世界之魂永远都会对寻梦者途中所学到的一切进行检验。这种做法并无恶意，仅仅是为了不让我们远离梦想，并让我们获得寻梦过程中学到的经验教训。这是一个大多数人可能会放弃寻梦的时刻。用沙漠的语言，我们称之为'渴死在椰枣树出现在地平线上的时刻'。每个人的寻梦过程都是以'新手的运气'为开端，又总是以'对远征者的考验'收尾。"

男孩想起了家乡一句古老的谚语。那谚语说，夜色之浓，莫过于黎明前的黑暗。

第二天，首次出现了真切的危险预兆。三名当地士兵向他们走来，询问他们到这里来做什么。

"我带着猎鹰来这里打猎。"炼金术士回答。

"我们必须进行搜查，看看你们是否携带武器。"一名士兵说。

炼金术士慢条斯理地下了马，男孩也下了马。

"你带这么多钱干什么？"看到男孩的钱袋时，一名士兵问。

"为了去埃及的路上用。"男孩回答。

搜查炼金术士的士兵发现了一个装满液体的小玻璃瓶和一块比鸡蛋稍大一点的卵形黄色玻璃。

"这些是什么东西？"士兵问道。

"点金石和长生不老液。这是炼金术士们炼出的元精。谁要是喝了这种液体，就永远不会得病，而这块石头的一点碎片就能将任何金属变成黄金。"

士兵们哈哈大笑起来。炼金术士也跟着他们一起大笑。士兵觉得炼金术士的回答非常可笑，便不再为难他们，让他们带着自己的全部东西走。

"您疯了吗？"他们走出很远以后，圣地亚哥问炼金术士，"您为什么要那样说呢？"

"为了向你证实一个简单的真理。"炼金术士回答，"当巨大的财富就在我们眼前时，我们却从来都觉察不到。你知道为什么吗？因为人们不相信财宝存在。"

他们继续在沙漠中赶路。日子一天天过去，男孩的心一天比一天平静。它已经不想知道过去的或者将来的事情，它只满足于观望沙漠，和男孩一起汲取世界之魂。男孩和他的心成了好朋友，彼此都不违背对方的意愿。

心说话的时候，是为了激励男孩，赋予他力量，因为有时候男孩觉得日复一日的可怕寂静令人厌倦。心第一次向他指出了他具有的优秀品质：比如放弃羊群、追寻天命的勇气，在水晶店打工的热情。

心还告诉他一件事，是他自己一直没注意到的，那就是危险曾近在咫尺，而他却浑然不觉。心说，有一次，是它把男孩从父亲那里偷来的手枪藏了起来，因为那枪很可能会伤害到男孩。心还回忆起有一天，男孩生病了，在田野上呕吐起来，后来躺了很长时间。当时前边有两个凶恶的强盗，正计划着抢走他的羊群，并把他杀死。但男孩因病没有往前，他们以为他改变了路线，悻悻而去。

"心总是给人帮助吗？"男孩问炼金术士。

"心只帮助那些追随天命的人。不过，更多的是帮助小孩、醉汉和老人。"

"也就是说没什么危险？"

"也就是说心会竭尽全力。"炼金术士回答。

一天下午，他们从一个部落的营地前路过。有很多身穿醒目的白长袍、佩带武器的阿拉伯人待在各个角落。他们一边吸水烟袋，一边谈论着打仗的事。没有人过分在意这两个旅行者。

"没有任何危险。"刚刚离开营地不远，男孩就说。

炼金术士十分恼怒。"你要相信你的心。"他说，"但是也不能忘记你正行进在沙漠之中。当人们处于战火中，世界之魂也能感觉到战斗的呐喊。任何人都得承受太阳底下发生的每件事情的后果。"

万物皆为一物，男孩想。

沙漠好像有意要证明炼金术士的话，此刻，两名骑兵出现在他们身后。

"你们不能再往前走了。"其中一人说道,"你们进入了交战区域。"

"我走不远。"炼金术士回答,同时用深邃的目光盯着士兵的眼睛。他们一动不动地待了一会儿,然后便同意这两个人继续往前走。

男孩被眼前看到的一切震住了。

"您用目光制服了他们!"他说。

"眼睛能够显示心灵的力量。"炼金术士回答。

的确是这样,男孩想。他已经觉察到,营地里那群士兵当中的一个正紧盯着他们俩。由于距离太远,根本无法看清他的脸,但男孩确信,那人的确在盯着他们。

当他们开始翻越原本盘亘在地平线上的山脉时,炼金术士对男孩说,还有两天就可以到达金字塔了。

"既然我们很快就要分手了,请您教给我炼金术吧。"男孩说。

"你已经会了。那就是深入世界之魂,去发现它为我们保留的财宝。"

"这不是我想学的。我指的是点铁成金之术。"

炼金术士和沙漠一起沉默着,直到他们停下来准备吃饭时，他才回答男孩。

"整个宇宙都在不停发展。"他说，"对智者而言，金子是发展最完善的金属。不要问为什么，因为我也不知道。我只知道传统总是正确的。由于人们没有很好地理解智者的话，结果金子不仅没有被视作发展的象征，反而成了战争的根源。"

"万物讲许多种语言。"男孩说，"我看到，骆驼的嘶鸣原本不过是一声嘶鸣，后来却变成了危险将至的信号，而到最后又重新变成一声嘶鸣。"

他停住了，炼金术士应该知道这一切。

"我认识一些真正的炼金术士。"炼金术士接着说，"他们把自己关在实验室里，试图使自己像金子一样发展，于是发现了点金石。因为他们知道，当一个事物在发展时，它周围的一切也会发展。

"有些炼金术士在偶然间得到了点金石。他们都有天赋，灵魂比一般人的警醒。但这种人凤毛麟角。

"最后，还有一些炼金术士，他们一门心思追求金子。这种人永远也发现不了其中的奥秘。他们忘记了，铅、铜、铁同样也有需要履行的天命。谁若干涉其他事物的天命，谁就永远发现不了自己的天命。"

炼金术士的这些话如同咒语一样回响在空中。说完，他弯腰从沙地上捡起一个贝壳。

"这里过去是一片大海。"炼金术士说。

"我已经注意到了。"男孩回答。

炼金术士让男孩将耳朵凑到贝壳上。小时候，男孩曾许多次这样做过，这次他又听到了大海的喧闹。

"大海仍旧在这只贝壳里，因为这就是它的天命。大海永远不会离开贝壳，直到沙漠重新被海水淹没。"

然后，二人翻身上马，继续朝埃及金字塔的方向行进。

太阳开始下沉的时候，男孩的心发出了危险的信号。此时，他们正处于一片巨大的沙丘之间。男孩看了看炼金术士，而他似乎什么都没发现。五分钟之后，男孩看到两名骑兵出现在面前，阳光映衬出他们的剪影。还没等男孩告诉炼金术士，两名骑兵就变成了十名，接着又变成了百名，最后整个沙丘都布满了骑兵。

这些骑兵身着蓝衣，头巾用黑色头箍套住，蓝布罩在脸上，只露出两只眼睛。

虽然离得很远，他们的眼睛仍显示出了心灵的力量，那里流露出的是杀气。

两个人被带到了附近的一座军营。一名士兵将圣地亚哥和炼金术士推进了一顶帐篷。那帐篷与男孩在绿洲见过的帐篷不同。里面，一名指挥官正与他的参谋人员开会。

"他们是间谍。"一个人说道。

"我们只是过路的。"炼金术士解释说。

"三天前有人在敌方营地里见到过你们。而你们同其中一个士兵交谈过。"

"我是个在沙漠里游走并熟悉星相的人。"炼金术士说，"我可不知道军队的消息或者部落的动向。我只是给朋友带路才来到这里。"

"你的朋友是什么人？"指挥官问道。

"一位炼金术士。"炼金术士回答说，"他熟悉大自然的威力，并希望向指挥官展示他的特殊能力。"

男孩默默地听着，心里很害怕。

"他跑到异国他乡来干什么？"另一个人问道。

"他带着钱来这儿，想献给你们。"未等男孩开口，炼金术士便抢先回答，随后拿过男孩的钱袋，把金币交给了指挥官。

那阿拉伯人默默地将钱接过去。这笔钱可以购买很多武器。

"炼金术士是干什么的？"最后，那指挥官问道。

"是熟悉自然和世界的人。如果他愿意，只借助风的力量就可以摧毁这个营地。"

那些人全笑了。他们习惯了战争的力量，而风是无法阻挡一次致命打击的。但是，他们的心跳都加速了。他们是沙漠里的人，都畏惧巫师。

"我想见识见识。"指挥官说。

"我们需要三天时间。"炼金术士回答，"他将变成风，仅仅为向你们展示一下他的威力有多强大。如果他做不到，我们将乖乖地为你们的荣誉献上我们的生命。"

"你没有权利把已经属于我的东西拿来献给我。"指挥官傲慢地说。不过，他同意了给旅行者三天时间。

圣地亚哥吓得僵了。炼金术士架着他的胳膊，他才走了出来。

"不要让他们察觉出你的恐惧。"炼金术士说，"他们都是勇敢的人，最鄙视胆小鬼。"

但是男孩已经说不出话来。走到营地中央时，男孩才能够开始讲话。阿拉伯人牵走了他们的马匹，也就没必要关押他们了。世界再一次展示了它语言的多样性：此前沙漠是一片自由广袤的天地，现在却变成了一道无法逾越的坚壁。

"您把我所有的财宝都给了他们！"男孩说，"那是我拼命挣来的呀！"

"如果你必死无疑，它们对你又有什么用处呢？"炼金术士回答说，"你的钱救了你，还能多活三天。钱能用来推迟死期，这种事并不多见。"

然而，男孩仍处于极度恐惧之中，根本听不进那些智慧的话语。他不知道怎样才能使自己变成风。他可不是炼金术士。

炼金术士向一位士兵要来茶水，在男孩的手腕上倒了几滴。一阵平静的感觉潮水般涌遍全身，这样做的同时，炼金术士说了一些男孩听不懂的话。

"你不要陷入绝望而不能自拔。"炼金术士用一种异常柔和的声音说道，"这样会使你无法和自己的心沟通。"

"但我不知道如何把自己变成风。"

"追寻天命的人，知道自己需要掌握的一切。只有一样东西令梦想无法成真，那就是担心失败。"

"我并不担心失败，我只是不知道怎样把自己变成风。"

"那么你必须学会。你的生死取决于它。"

"如果我做不到呢？"

"你将在追寻天命的过程中死去。这也比大多数普通人的死要好得多，因为他们根本不知道有天命存在。但是，你不必担心，一般来说，死会使人对生更加敏感。"

第一天，附近发生了一场大规模的战斗，一些伤员被抬回营地。一切都不会因死亡而有所改变，男孩想，阵亡士兵会被其他人替代，而生活会继续下去。

"我的朋友，你原本可以死得晚一点。"一名守候在同伴尸体旁的士兵说道，"你本可以等到和平降临的时候再死。但是，无论如何，最终你还是得死。"

天黑之前，男孩去找炼金术士。炼金术士正要带上猎鹰去沙漠。

"我不知道怎样把自己变成风。"男孩又一次说。

"记住我对你说的话：世界只不过是上帝的映像。炼金术就是把精神的完美带到物质层面上来。"

"您在干什么？"

"喂我的猎鹰。"

"如果我不能把自己变成风，我们都得死。"男孩说，"还喂什么猎鹰呢？"

"将要死的是你。"炼金术士说，"我知道怎样把自己变成风。"

第二天，男孩爬上军营附近一块巨石的制高点。哨兵们放他过去了，他们已经听说他是那个能把自己变成风的巫师，都不愿靠近他。除去这个原因，沙漠也是一道不可逾越的天然城墙。

　　第二天下午，男孩一直凝视着沙漠。他倾听自己的心声。沙漠听见了他的恐惧。

　　他们用的是同一种语言。

第三天，指挥官把他手下的重要军官都召集在一起。

"咱们去看看那个能把自己变成风的男孩。"指挥官对炼金术士说。

"好吧。"炼金术士回答。

圣地亚哥把他们领到前一天他去过的地方，请他们全都坐下。

"要花费点时间。"男孩说。

"我们不急。"指挥官回答，"我们是沙漠里的人。"

圣地亚哥开始观望前方的地平线。远处有绵延起伏的山岭、沙丘、岩石，还有顽强生长着的匍匐植物。眼前就是沙漠，他已经在沙漠里走了几个月，即便如此，他也只了解其中很小的一部分：遇见了一个英国人，商队和部落之间的斗争，还有一片有着五万棵椰枣树和三百眼水井的绿洲。

　　"今天你想干什么？"沙漠问道，"昨天我们不是对望很久了吗？"

　　"你把我爱的人留在了你这里。"男孩说，"所以当我看到沙子时，也就看到了她。我想回到她的身边，我需要你的帮助，好把自己变成风。"

　　"爱是什么？"沙漠问。

　　"爱就是猎鹰在沙地上空飞翔。对猎鹰来说，你就是一片绿地，它永远不会无功而返。它熟悉你的那些沙丘、岩石和山岭，你对它十分慷慨。"

"猎鹰叼走了我身上的东西。"沙漠说，"我年复一年地养育它们的猎物，用我不多的水喂养它们，告诉它们食物在哪儿。有一天，当我正要感受它的猎物在沙粒上抚弄的感觉时，它却从天而降，把我喂养的东西叼走。"

"可你正是为了这个目的才养育猎物。"男孩说，"是为了喂养猎鹰。猎鹰给人带去食物，而人总有一天也会喂养你的沙粒，猎物将重新在那里衍生。世界就是这样运转的。"

"这就是爱吗？"

"这就是爱。是爱使猎物转化成猎鹰，使猎鹰转化成人，使人转化成沙漠。是爱使铅块变成金子，而金子又重新藏身于地下。"

"我不明白你说的话。"沙漠说。

"那么你要明白，在沙漠的某个地方，有个女人在等我，为了这个原因，我必须变成风。"

沙漠半晌没有作声。

"我可以为你奉上我的沙子，以便让风刮起来。但我自个儿做不成这件事。你请求风帮忙吧。"

一阵微风开始刮起来。军官们远远地望着男孩，而男孩正讲着一种他们听不懂的语言。

炼金术士露出了微笑。

风来到了男孩身边，轻抚他的脸庞。它听到了男孩与沙漠的谈话，风一向无所不知。它吹遍全世界，没有起始之地，也没有终结之处。

"请帮帮我。"男孩对风说，"有一天，我曾从你那里听到了我心上人的声音。"

"是谁教会了你讲沙漠和风的语言？"

"是我的心。"男孩回答。

风有许许多多名字，在这里它被称作西罗科风①。阿拉伯人相信，它来自被水覆盖的地区，黑人便住在那里。在遥远的男孩的故乡，它被称作地中海东风，因为人们相信它带来了沙漠的尘土和摩尔人厮杀时的呐喊。也许在更为遥远的牧场上，人们会认为风起于安达卢西亚。但是，风来无源起之地，去无消失之所，因而比沙漠威力更大。未来的某一天，人们可能会在沙漠里种树，甚至养羊，但永远控制不了风。

"你不可能成为风。"风说，"我们的本质不同。"

"并非如此。"男孩说，"我跟你一起在世上漂泊的时候，了解了炼金术的秘密。在我身上融合了风、沙漠、海洋、星星，

---

①气象学中指大西洋低压系统通过地中海时，吸引撒哈拉大沙漠上空的炎热空气而形成的风。

以及宇宙中的一切。我们都是由同一只手创造的，拥有同样的灵魂。我想像你一样，渗透进每一个角落，穿越大海，吹开掩盖着我那份财宝的沙土，把我心上人的声音带到我身边。"

"那天我听到了你跟炼金术士的谈话。"风说道，"他说每件事物都有自己的天命。人不可能变成风。"

"求你教我变成风吧，只要一会儿就行。"男孩说，"好让我们能够谈谈人和风的无限潜能。"

风十分好奇，这可是它从未遇到过的事情。它很愿意和男孩探讨这个话题，但是却不晓得如何将人变成风。要知道它经历过多少事啊！风塑造过沙漠，吹沉过船只，吹倒过成片的森林，穿越过充斥着音乐和各种怪异噪音的城镇。风认为自己已经是无所不能了，而与此同时，这里竟有一个男孩说，作为风，它还有许多可以做到的事情。

"这就是人们所说的爱。"当看到风快要答应他的请求时，男孩说道，"当心中有爱的时候，我们就能化成天地万物中的任何一种。当心中有爱的时候，我们根本没必要弄懂发生的事情，因为一切都发生在我们自己身上。人是可以变成风的，当然，必须有风来相助。"

风非常高傲，男孩的话激怒了它，它开始更猛烈地刮了起来，掀起了尘沙。然而，风最后不得不承认，虽然它吹遍了全世界，却不知道怎样把人变成风。因为它不了解爱。

"当我漫游世界的时候，发现很多人谈到爱便会仰望天空，也许最好问问天。"风气急败坏地说道，它不得不承认自己能力有限。

"那就请你帮忙，使这里尘土飞扬，让我可以仰望太阳而不会被晃瞎眼睛。"男孩说道。

于是，风更加用力地刮起来。天空立刻飞沙走石，太阳变成了一个金黄色的圆盘。

军营里已经很难看清东西了。沙漠里的人都熟悉这种风，把它叫作西蒙风①，它比大海里的暴风雨更可怕（这是因为他们从未见过大海）。战马纷纷嘶鸣起来，武器上覆满了尘土。

岩石上，一名军官转身对指挥官说："也许咱们最好到此为止。"

他们几乎已经看不见男孩了，一个个脸部都被蓝色头巾遮住，满眼惊恐。

"让他停下来吧。"另一名军官也说。

---

①非洲与亚洲沙漠地带的干热风。

"我想看看安拉的伟大。"指挥官带着敬意说道,"我想看看人到底怎样变成风。"

他在心里记下了那两名军官的名字。一旦风停下来,他将剥夺他们的权力,因为沙漠中的人应无所畏惧。

"风对我说,你了解爱。"男孩对太阳说,"如果你了解爱,也就了解世界之魂,因为世界之魂是用爱造就的。"

"从我所在的位置,可以看到世界之魂。"太阳说,"它与我的灵魂相通,我们一起使植物生长,使羊群四处奔走寻找阴凉。我离地球非常遥远,但从我所在的位置,我学会了爱。我知道,如果向地球再靠近一点,地球上的一切都将死去,世界之魂也将不复存在。所以我们才互相观望,互相爱戴。我给地球生命和温暖,地球给了我生存下去的理由。"

"你的确了解爱。"男孩说。

"我还了解世界之魂,因为在无尽无休的宇宙旅程中,我们经常交流。世界之魂对我说,它的最大问题是,迄今为止,只有矿物和植物明白万物皆为一物的道理。因此,不必使铁变得和铜一样,也不必使铜变得和金子一样。每种物质只发挥其作为唯一之物的独特作用,万物就会合成一首和平交响乐。但前提是，写就这一切的那只手在创世的第五天便停住了。"

"但是有个第六天。"太阳顿了顿，接着说。

"你是智者，因为你在远处观察一切。"男孩回答说，"但是你不了解爱。如果没有创世的第六天，就不会有人类，而铜则永远是铜，铅永远是铅。每种事物都有自己的天命，这是真理，但是天命总有一天会完成，于是，就需要转化成更优异的事物，并产生一个新的天命，直到世界之魂真正化为唯一之物。"

太阳陷入沉思，决定发出更强烈的光芒。风十分欣赏这番对话，为了不让阳光刺伤男孩的眼睛，更加用力地刮起来。

"炼金术就是为此诞生的。"男孩说，"其目的是让每个人都寻觅并找到他的财宝，而后力求变得更好，超越以往的自己。铅将履行自己的角色，直到世界不再需要它为止，那时它将不得不变成金子。炼金术士就是干这个的。他们要表明，当我们寻求变得比现在更好的时候，我们周围的一切也将变得更好。"

"可你为什么说我不了解爱呢？"太阳问道。

"因为爱不像沙漠一样静止不动，不像风一样跑遍世界，也不像你一样总是从远处观望一切。爱是转化和完善世界之魂的一种力量。当我第一次深入世界之魂的时候，我认为它是完美无缺的。但是后来我发现，它是一切创造物的反映，也有自己的冲突和激情。是我们滋养着世界之魂，我们居住的地球是好还是坏，全取决于我们变好还是变坏。这正是需要爱发挥力量的地方，因为当我们有爱的时候，总是希望自己变得更好。"

"你想从我这儿得到什么？"太阳问。

"要你帮助我把自己变成风。"男孩回答。

"大自然知道我是所有创造物中最智慧的。"太阳说道，"但是我却不知道怎样将你变成风。"

"那我应该去找谁谈呢？"

太阳停顿了片刻。风听到了这一切，便准备去告诉全世界，太阳的智慧是有限的，它无法摆脱这个男孩，这个男孩会讲世界的语言。

"你去同写就这一切的那只手谈谈吧。"太阳说。

风高兴得大呼小叫起来，用前所未有的力量呼号。帐篷纷纷从沙地上拔起，马匹全都挣脱了缰绳。岩石上，人们互相紧抓，以防被抛向远方。

于是，男孩转向写就一切的那只手。他什么话都没讲，只感到宇宙沉寂了下来，而他也安静下来。

　　一股爱的力量从心底涌出，男孩开始祈祷。这是他从未念过的一种祈祷文，因为它没有话语，或者说，没有请求。他不是为羊群找到了牧场而感谢，不是为卖出更多的水晶而祈求，也不是为了使他遇见的女子等着他返回而求告。在持续的静默中，男孩明白了，沙漠、风，还有太阳都在寻找那只手写下的预兆，力图走完自己的旅程，并试图理解写在那块普通翡翠板上的东西。他知道，那些预兆散布在地球上、太空中，表面看来没有任何目的和意义，而且无论是沙漠、风、太阳，还是人，都不知道自己为什么被创造出来。然而，那只手创造这一切自有其目的，而且只有那只手能够制造奇迹，能够变海洋为沙漠，能够把人转化为风。因为只有那只手明白，一项宏伟的计划将宇宙推向了一个顶点，在这个点上，六天的创世转化成了炼金术。

　　男孩潜入了世界之魂，看到了世界之魂是上帝灵魂的一部分，并看到了上帝的灵魂就是他自己的灵魂。于是，他也能制造奇迹了。

西蒙风从来没像今天刮得这么凶猛。阿拉伯地区将会世世代代流传一个男孩的传说，说他把自己变成了风，几乎摧垮了一座军营，挑战了沙漠中最声名显赫的指挥官的权威。

当西蒙风停止了咆哮，所有人都朝男孩所在的地方望去。他已经不在那里了。他站在了军营的另一边，在一名几乎被埋在沙下的哨兵身边。

所有人都被这种魔法吓坏了，只有两个人脸上露出了微笑：一个是炼金术士，因为他找对了弟子；另一个是指挥官，因为他理解了上帝的荣耀。

第二天，指挥官为男孩和炼金术士饯行，并下令让一支卫队护送他们，直到他们到达目的地为止。

他们一整天都在赶路。夜幕将至，他们来到一座科普特人①的修道院前。炼金术士将卫队遣回后，便翻身下了马。

"从此以后，你要独自一人赶路了。"炼金术士说，"从这里到金字塔只剩三个小时路程了。"

"谢谢！"男孩说，"您教会了我世界的语言。"

"我只不过使你回忆起早已知道的事情。"

炼金术士敲了敲修道院的大门。一位身着黑衣的修士前来开门。他们用科普特语交谈了几句，炼金术士便请男孩进入修道院。

"我请求他把厨房借给我们用一下。"炼金术士说。

他们一径来到修道院的厨房。炼金术士点上火，那修士

_____

①埃及信奉基督教的少数民族。

拿来了少许铅块。炼金术士将铅块放入一只铁罐中熔化。当铅变成液体时，他从他的袋子里取出那个奇怪的黄色玻璃蛋，从上面刮下来一条，细如发丝。然后，他用蜡把它包裹起来，和铅一起放入锅中。

两种东西混合后变成了血红色。炼金术士将锅从火上挪开，放在一旁冷却。与此同时，他与修士谈起了有关部落战争的事。

"大概会持续很久。"他对修士说。

修士对此早已厌烦。许多商队在吉萨停留了很长时间，都等着战争结束。"但愿上帝的意志能够实现。"修士说。

"但愿如此。"炼金术士回答。

锅冷却之后，修士和男孩直看得眼花缭乱。铅水已经凝固成了圆形硬块，但已不再是铅，那是黄金！

"将来我也要学会做这个吗？"男孩问。

"这是我的天命，不是你的。"炼金术士回答，"但是我要告诉你，这是可能做到的。"

他们走到修道院门口。在那里，炼金术士把金子分成了四块。

"这块给你，"他边说边把其中一块递给修士，"因为你对待路人十分慷慨。"

"我得到的报酬远胜于我的慷慨。"修士回答。

"永远别再这么说。生活会听在耳内，下一次就会少给你。"

然后，他走到男孩跟前。

"这块给你，就当偿还你留给那指挥官的金币。"

男孩想说这比他留下的钱多多了，但没有开口，因为刚才他听到了炼金术士对修士说的话。

"这一块是给我自己的。"炼金术士边说边收起一块，"因为我必须穿过沙漠返回，而那里的部落之间正在发生战争。"

然后，他拿起第四块金子，再次递给修士。

"这一块是留给这个男孩的，如果将来他需要。"

"但是，我要去寻找我的财宝，现在离财宝已经很近了。"男孩说。

"我相信你一定能找到。"炼金术士说。

"那您这么做又是为什么呢？"

"因为你已经两次失去了旅途中挣的钱，一次是受骗上当，一次是给了别人。我是个迷信的阿拉伯老头，我相信自己家乡的一个谚语：所有发生过一次的事，可能永远不会再发生；但所有发生过两次的事，肯定还会发生第三次。"

他们骑上各自的马。

"我想给你讲一个关于梦的故事。"炼金术士说。

圣地亚哥驱马靠近他。

"在古罗马，提比略皇帝执政时期，有一个心地善良的人，他有两个儿子。一个是军人，被派往帝国最偏远的地区。另一个儿子是诗人，用他美妙的诗句迷住了所有罗马人。

"一天夜里，老人做了个梦。一位天使出现在他面前，告诉他，他其中一个儿子说的话，将世世代代被全世界的人熟知和吟诵。那一夜醒来后，老人感激涕零，因为生活不但慷慨，而且向他展示了任何一位父亲都会感到自豪的事。

"不久，老人在抢救一个险些被车轮碾过的孩子时死去。由于他一辈子行为端正，无可指摘，便直接进入天堂，见到了曾出现在他梦中的那位天使。

"'你一直是个好人。'天使对他说，'活着的时候有爱心，

死的时候有尊严。现在我可以满足你的任何愿望。'

"'生活对我也不薄。'老人回答说,'当你出现在我梦中时,我觉得自己所有的努力都得到了肯定。因为我儿子的诗句将流芳百世,为人传诵。我个人没什么要求,但是天下父母看到儿子出名都会感到自豪,因为小时候照顾过他,年轻时教育过他。我倒很想去遥远的未来,听听我儿子说的话。'

"天使碰了碰老人的肩膀,两人便被抛入遥远的未来。他们周围出现了一块巨大的平地,有成千上万的人,在讲着一种奇怪的语言。

"老人高兴得留下了眼泪。

"'我就知道我儿子的诗句是优美而不朽的。'他含泪对天使说,'请你告诉我,这些人反复吟诵的是他的哪首诗?'

"天使走到老人身边,亲切地拉着老人坐在一条长椅上。

"'令郎的诗句当年在罗马家喻户晓。'天使说道,'人人喜欢吟诵,乐此不疲。但随着提比略王朝结束,他的诗句也就被人遗忘了。此刻人们念诵的是你那从军的儿子说过的话。'

"老人惊讶地望着天使。

"他在一个偏远地区服役,当上了百夫长。他是个正直善良的人。一天下午,他的一名奴仆生病了,生命危在旦夕。当听说有一位犹太教教士能治百病,他便四方奔走,寻找此人。

赶路途中他发现，他要找的人正是上帝之子。他遇到了一些被上帝之子治愈的人，学会了上帝的教义，尽管他是罗马帝国的百夫长，却改变了信仰。有一天早上，他终于找到犹太教教士。

"他告诉教士，他的一个奴仆病了。教士便准备去他家。但是，百夫长是有信仰的人，他看着教士深邃的眼睛，领悟到面前的人正是上帝之子。此时,他们周围的人纷纷站起身来。

"'这就是令郎说的话，'天使对老人说，'那是当时他对犹太教教士所说的话，从此永远流传，他说：主啊，我不配劳您进我的家，但您只要说上一句话，我的奴仆即可得救。'"

炼金术士准备策马离去。

"做什么并不重要，世上的每个人都在历史中扮演着重要角色，但通常懵然不知。"他说。

男孩笑了。他从来没想到，人生对一个牧羊人竟如此重要。

"再见！"炼金术士说。

"再见！"男孩回应道。

圣地亚哥在沙漠里走了两个半小时，边走边全神贯注地倾听内心的话。心将会向他揭示宝藏埋藏的准确地点。

"你的心在哪儿，你的财宝就在哪儿。"炼金术士曾经说过。

然而，圣地亚哥的心却在讲述着别的事情。它骄傲地讲起了一个牧羊人的故事，那牧羊人为了追寻自己连续两个夜晚所做的同一个梦而抛弃了羊群。心还讲到天命，以及很多追寻天命的人。他们挑战那些带有时代偏见的人，前去寻找遥远的土地和漂亮的女人。在整个旅途过程中，心一直在谈论新的发现，谈论书籍和巨大的变化。

男孩准备爬一座沙丘，就在这时，他的心在他耳边窃窃私语："请你注意你流泪的地方，因为那里就是我所在的地方，也是财宝所在的地方。"

男孩慢慢向沙丘顶端爬去。一轮满月悬在中天，星光灿烂。

他在沙漠中已经走了一个月。月光洒在沙丘上，变幻的阴影令沙漠看上去像波涛滚滚的大海，男孩回忆起一匹马在沙漠里自由驰骋，为炼金术士带去好预兆的那一天。说到底，月亮照耀的是沙漠的静寂和寻宝者们的足迹。

几分钟之后，他爬到沙丘顶，心猛地一跳。庄严雄伟的埃及金字塔，在白色沙漠的映衬中矗立在面前，沐浴着满月的银辉。

男孩双膝跪地，泪流满面。他感谢上帝使他相信了自己的天命，并让他在某一天遇见了一位王、一个水晶商贩、一个英国人和一个炼金术士，尤其是让他遇见了一个沙漠中的女子，她使他懂得了爱永远不会让男人与他的天命分离。

历经了许多个世纪的埃及金字塔从高处俯视着男孩。如果他愿意，现在就可以返回绿洲，迎娶法蒂玛，像普通的牧羊人一样生活。炼金术士就生活在沙漠里，尽管他通晓世界的语言，知道如何将铅块变成黄金，但他没有义务向任何人展示他的学问和技艺。男孩在前去追寻天命的路途中，学会了必须要学的一切，也经历了梦想经历的一切。

他终于到达了藏宝之地。只有目标实现了，一项事业才算圆满成功。在这里，在这座沙丘上，男孩流下了眼泪。他低下头，只见泪水滚落的地方，有一只金龟子爬过。在沙漠中度过的这段时间，他已经知晓，在埃及，金龟子就是上帝的象征。

这又是一个预兆。想起水晶店老板的话，男孩开始挖起来。无论何人，哪怕堆一辈子石头，也无法在自家后院堆起一座金字塔，他想。

圣地亚哥在他圈定的地方挖了整整一夜，结果一无所获。历经许多世纪的金字塔从高处默默地俯视着他。但男孩没有放弃。他挖啊挖，挖啊挖，与风抗争着，因为风一次又一次地将沙土卷回挖开的坑中。他的双手挖累了，受了伤，但是他相信自己的心，心告诉他说，要在他泪水滚落的地方挖掘。

就在他试图将坑里露出的几块石头挖出来的时候，突然听到了脚步声。有几个人来到他面前。他们背对月光，男孩无法看清他们的面孔。

"你在这儿干什么？"其中一个人问道。

男孩没有回答，他感到很害怕。他就要挖到财宝了，所以才感到害怕。

"我们是躲避战乱的难民。"另一个人说，"必须知道你在这儿藏了什么，我们需要钱。"

"我什么也没藏。"男孩回答。

但是其中一人揪住他,将他推出了坑外。另一个人开始搜查他的口袋。他们搜出了那块金子。

"他有金子。"一个人说。

月光照在那个人脸上,男孩从他的眼睛里看到了杀气。

"地下一定藏着更多的金子。"另一个说道。

于是他们逼迫男孩挖下去。男孩继续挖,但什么也没挖到。他们开始殴打男孩,直到天放亮才住手。男孩被打得遍体鳞伤,他感到死亡正在逼近。

"如果你必死无疑,钱对你又有什么用处呢?钱能用来使人免于一死,这种事并不多见。"炼金术士曾这样说过。

"我在找一笔财宝!"男孩终于喊了起来。尽管他的嘴被打伤,并肿得很厉害,但还是告诉这些人,他曾两次梦见埃及金字塔附近埋藏着一批财宝。

那个看上去像头领的人半晌没有说话。后来他对另一个人说:"放了他吧。他不会再有别的东西了。这块金子大概是偷来的。"

男孩脸朝下扑倒在沙地上。那头儿的一双眼睛在寻找他的目光,而男孩此刻正望着金字塔。

"我们走吧。"领头的说,然后转向男孩。"你不会死的。"

他说，"你将活下去，还会明白人不能太愚蠢。差不多两年前，就在你待着的这个地方，我也重复做过同一个梦。我梦见自己应该到西班牙的田野上去，寻找一座残破的教堂，一个牧羊人经常带着羊群在那里过夜。圣器室所在的地方有一棵无花果树。如果我在无花果树下挖掘，一定能找到一笔宝藏。但是我可没那么蠢，不会因为重复做了同一个梦就去穿越一片大沙漠。"

说完，他扬长而去。

男孩吃力地爬起来，再次朝金字塔望去。金字塔在冲他微笑呢，而他也对金字塔报以微笑，心中无比幸福。

他已经找到财宝了。

尾 声

男孩圣地亚哥在夜幕将至的时候，赶到了那座废弃的小教堂。无花果树仍生长在圣器室所在的位置。透过坍塌了一半的屋顶，依然能够看到群星。他想起有一次他曾和羊群来到这里，那是一个宁静的夜晚，只是那个梦打破了宁静。

现在他又来到这里，没带羊群，而是带了把铁锹。

他久久地仰望着天空，然后从褡裢里拿出一瓶酒喝了起来。他回忆起沙漠中的那个夜晚，当时也是仰望着星空，和炼金术士一起喝酒。他想起自己走过的路，想起上帝为他指明财宝所在的奇特方式。假如他不相信重复出现的梦，就不会遇到那个吉卜赛老妇人，还有撒冷王、骗子，还有……"是的，这名单很长。但是道路已被种种预兆确定，我不会走错一步。"

他暗暗对自己说。

他不知不觉睡着了，醒来时，早已太阳高照。他开始在无花果树下挖掘。

"老巫师，"男孩自言自语，"你什么都知道，甚至还给我留了一点金子，好让我能回到这个教堂。看到我衣衫褴褛地跑回去，那修士都笑了，你就不能让我免遭这一劫？"

"不能。"他听到风对他说，"如果我事先告诉你，你就看不到金字塔了。它们很壮美，不是吗？"

那分明是炼金术士的声音。男孩微笑起来，继续挖掘。半个小时之后，铁锹碰到了坚硬的东西。一个小时以后，他面前出现了一只装满西班牙古金币的箱子。里面还有宝石、插着红白羽毛的金面具，以及镶着钻石的石像，都是征服者的战利品。很久以来，国家已将它们遗忘，征服者也忘记了告诉他们的后代。

男孩从褡裢里取出乌凌和图明。这两块宝石他只使用过一次，那是有一天早上，在一个市场里。生活以及生活的道路上总是充满了预兆。

男孩将乌凌和图明放进百宝箱里。它们也是他的财宝，因为它们能使他想起可能从此再也无法见到的老撒冷王。

生活对追随自己天命的人真的很慷慨，男孩想。这时，他想起他必须去一趟塔里法，把全部财宝的十分之一送给那个吉卜赛老妇人。吉卜赛人多精明啊！男孩想，也许是因为他们到处流动的缘故。

风刮了起来。是地中海东风，来自非洲。它并未带来沙漠的气息，也没有带来摩尔人入侵的凶讯，它带来了一股男孩非常熟悉的香味和一个甜蜜的亲吻。这个吻徐徐地、徐徐地来到面前，落在他的双唇上。

男孩露出了微笑。这是她第一次这么做。

"我来了，法蒂玛。"他说。

图书在版编目（CIP）数据

牧羊少年奇幻之旅／（巴西）保罗·柯艾略著；丁文林译 . -- 北京：北京十月文艺出版社，2017.11（2025.8 重印）
ISBN 978-7-5302-1705-4

Ⅰ.①牧…　Ⅱ.①保…②丁…　Ⅲ.①中篇小说—巴西—现代　Ⅳ.①I777.45

中国版本图书馆 CIP 数据核字（2017）第 162312 号

著作权合同登记号　图字：01-2017-4088

O ALQUIMISTA by Paulo Coelho
Copyright © 1988 by Paulo Coelho
http://paulocoelhoblog.com/
This edition was published by arrangements with Sant Jordi Asociados Agencia
Literaria S.L.U, Barcelona,SPAIN, through Bardon-Chinese Media Agency
All Rights Reserved.

牧羊少年奇幻之旅
MUYANG SHAONIAN QIHUAN ZHI LV
〔巴西〕保罗·柯艾略 著
丁文林 译

出　　版　北京出版集团
　　　　　北京十月文艺出版社
地　　址　北京北三环中路 6 号
邮　　编　100120
网　　址　www.bph.com.cn
发　　行　新经典发行有限公司
　　　　　电话 (010)68423599
经　　销　新华书店
印　　刷　山东京沪印刷科技有限公司
版　　次　2017 年 11 月第 1 版
印　　次　2025 年 8 月第 51 次印刷
开　　本　850 毫米 ×1168 毫米　1/32
印　　张　6.75
字　　数　90 千字
书　　号　ISBN 978-7-5302-1705-4
定　　价　35.00 元
质量监督电话　010-58572393
如有印装质量问题，由本社负责调换